依据国家教育部和中央电视台

联合主办的《开学第一课》活动

"我爱你，中国！"主题拓展原创版

照片里的故事

中央电视台《开学第一课》编写组 编

时代文艺出版社

图书在版编目（CIP）数据

照片里的故事 / 中央电视台《开学第一课》编写组编.—2版.
—长春：时代文艺出版社，2016.1（2023.7重印）
（开学第一课）
ISBN 978-7-5387-4940-3

I. ①照… II.①中… III. ①中国文学—当代文学—作品综合集 IV. ①I217.1

中国版本图书馆CIP数据核字（2015）第257190号

出品人　陈　琛
责任编辑　曾艳纯
装帧设计　孙　利
排版制作　隋淑凤

照片里的故事

中央电视台《开学第一课》编写组 编

出版发行 / 时代文艺出版社
地址 / 长春市福祉大路5788号　龙腾国际大厦A座15层　邮编 / 130118
总编办 / 0431-81629751　发行部 / 0431-81629755
官方微博 / weibo.com / tlapress　天猫旗舰店 / sdwycbsgf.tmall.com
印刷 / 北京市一鑫印务有限公司
开本 / 710mm × 1000mm　1 / 16　字数 / 120千字　印张 / 12
版次 / 2016年1月第2版　印次 / 2023年7月第3次印刷　定价 / 36.00元

图书如有印装错误　请寄回印厂调换

敬启

书中某些作品因地址不详，未能与作者及时取得联系，在此深表歉意。敬请作者见到本书后，通过以下方式与我们联系，我们将按国家规定支付稿酬并赠送样书。

E-mail：azxz2011@yahoo.com.cn

《开学第一课》编委会

《开学第一课》的价值

有人问我，《开学第一课》的价值体现在什么地方？我认为最重要的就是全社会希望并通过我们传递出来的价值观。多元是时代进步的标志，我们尊重不同的声音和价值理念，但是作为教育部和中央电视台联手举办的一项公益活动，我们要传递的是主流的、与时俱进又符合中华文明传统的价值观。

在2008年，我们通过《开学第一课》传递了抗震精神和奥运精神；2009年正值新中国60周年华诞，我们在象征着民族精神的长城，为孩子们播撒下爱的种子；2010年，我们告诉孩子们，一个拥有梦想的民族，一个不断仰望星空的民族，就是拥有未来的民族，人生的每一个阶段都需要梦想的指引、坚持和探索，而每个人的梦想汇集起来就可能成为国家的梦想、民族的梦想。

举办《开学第一课》三年来，我个人也有一个梦想，我梦想这项目光远大、朝气蓬勃的公益活动能够坚持举办十年，让它给这一代孩子的成长提供正面的、积极向上的力量，这就是《开学第一课》的意义所在。

我希望全社会的力量汇集起来，给孩子们一种价值观的教育，中央电视台愿意承担使命，连同教育部把这项公益活动做好。我们也欢迎全社会各界积极参与、支持，从出版、纸媒、网络、志愿行动、慈善事业等各个方面，加入到这个追逐共同梦想、打造恒久价值的公益活动中来。

由此，我亦十分高兴地看到《开学第一课》系列丛书的出版，我相信时代文艺出版社正是基于我们共同的理想，以出版的力量为孩子们的未来创造了更丰富的阅读食粮，为《开学第一课》的精神理念提供了更多样的传递方式。

中央电视台 许文广

目录

第一部分　爱的专卖店

第二部分　照片里的故事

第三部分　你就是一首歌

第四部分　你还记得我吗？

第五部分　站在彩虹上

第六部分　此情无计可消除

第七部分　小鸭，别跑

第八部分　乡村小路

第九部分　在大爱中前行

第一部分

爱的专卖店

你让我做了一个伟大的举动。但是，这也是你买来的光明，用一颗善良友爱的心买来的。你让我懂得世界不可以完全用金钱来衡量，这个世界除了金钱还有更为珍贵的东西。也是你教会了我去爱别人，去关心别人。

——刘瑛琪《我有光明要卖》

我有光明要卖

刘瑛琪

一

小蜡烛叫舞蒙蒙，一个偶然的机会，它和一盒兄弟来到了一个小小的山村。这个山村是被太阳遗忘的角落，这里的人都面黄肌瘦，没有见过光。所以，当这盒蜡烛到达这里时，受到了热烈的欢迎。

蜡烛弟兄们很高兴可以为这些人提供光明，但是舞蒙蒙却是个例外，它在打着自己的如意算盘：哼，我舞蒙蒙才不会像你们那么傻。我的光明在这里这么珍贵，可要用大笔的钱才能换来。你们乐意浪费，我可不乐意，等着瞧吧！我舞蒙蒙可是要赚大钱的蜡烛。

舞蒙蒙是最后一根被拿起的，当人们因需要正要点燃它时，它说话了："喂，我舞蒙蒙可是高贵的蜡烛，能为你们带来光明的宝贝，怎么能这么轻易就被燃烧，哼，要用最贵的东西来换。"人们有些慌乱，虽然一片黑暗，但是舞蒙蒙能感觉到周围十分嘈杂。一位老者说："可是，舞蒙蒙，我们除了拥有黑暗，再没有其他的东西了呀！请您见谅，我们急着用你去找一个迷路的孕妇呀！""切，没有钱，还和我谈什么。免谈，本小姐要睡了。"舞蒙蒙说着盖上了蜡烛盒盖。它听见人们纷纷叹息，独自摸着黑去找迷路的孕妇了。当舞蒙蒙睡醒的时候，它听见了一个女婴的啼哭，随后人们叹息着："一听哭声就知道美丽又善良，只可惜，一出生妈妈就深陷泥沼，死了。"舞蒙蒙的心一震：死了？是因为我的自私吗？不，不是，绝对不是，是因为他们拿不出钱来，哼，这可怪不得我。

二

那个女孩渐渐长大了，人们给她取了名字：盼光。真的如同人们预言的善良聪明，声音甜甜的，一听就是个俊秀的小丫头。人们没忍心告诉她残酷的事实，只是说妈妈去找光了，在有光明的地方。于是，她就真的信了，总是朝着认为有光的地方和妈妈打招呼。再说说舞蒙蒙，人们并没有因此记恨它，只是恨自己没有东西去换光明。舞蒙蒙在蜡烛盒里等得不耐烦了，便搬到大街上，整日里吆喝着："卖光明了！卖光明了！拿你最贵的东西来！"

这一天，盼光第一次出家门，她很兴奋，尽管竭力控制自己喜悦的心情，却还是忍不住在黑暗中奔跑起来。远远的，她听到了舞蒙蒙的吆喝声。咦，是谁呀？听村长大叔说，我们这小山村没有市场呀？她循着声音跑过去，来到了舞蒙蒙面前，这下，她把吆喝听清楚了："卖光明啦！卖光明啦！拿你最贵的东西来。"她想：妈妈去找光，是因为这里没有光明。如果这里有光明，那妈妈就不用离开，可以永远陪着我了。这样想着，她十分欣喜，跑回家，神秘兮兮地拿着一个盒子来到舞蒙蒙面前。"我可以买光吗？"舞蒙蒙听了，轻蔑地哼了一声："你是谁呀？你有什么东西呀？让我看看是不是宝贝。"盼光甜甜地说："您好，我叫盼光！我真的有宝贝，您肯定会把光卖给我的。"一听到盼光这名字，舞蒙蒙便知道是那个女婴。毕竟她妈妈死亡，是跟自己有关的。于是，她的声音稍稍柔和了一些："嗯？拿来给我看看。""好哇！您看，这里面装着我二十个幸福的吻，满满的幸福都送给您。这难道不是宝贝吗？"盼光无邪的声音让舞蒙蒙的心突然被刺痛了。她喃喃自语："幸福的……吻？""对呀，您认为不可以吗？"舞蒙蒙要哭了，声音颤抖着说："不，可爱的小盼光，她是我见过的最宝贝的东西，来，拿给我。"盼光开心地把装着吻的盒子放在舞蒙蒙旁边。

三

"您真是太好了！"盼光激动地手舞足蹈。"来吧，孩子，看好了，我要点燃了。"舞蒙蒙的心胸中第一次感受到了其他兄弟们所感受到的那种

壮烈的感觉。“请等一等！”盼光忽然打断了舞蒙蒙，舞蒙蒙疑惑不解。她担忧地问：“这样，您会受到什么伤害吗？”舞蒙蒙的眼泪再也止不住了，她抽泣着说：“从来……从来……没有人……没有人想过我……我的感受。没错，我……我会结束生命。”盼光愣了好一会儿，然后大声地喊：“不可以！不可以把自己的幸福建立在别人……别人生命的结束之上！就算我真的很想看看外面的世界，真的很想让妈妈回来，但是绝对不可以伤害您，更不可以让您失去生命。我的幸福的吻就送给您了，我要回去了。”

“盼光，没关系的，一根蜡烛生命的价值就在于它能不能够照亮一片天地。我能够让你看看这个世界，我的生命就有价值，有意义。”“您真伟大。”盼光的眼角湿润了。“好了，现在，点燃。”借着一束柔弱的烛光，盼光看见了世界，看见了走过的路，看见了远处的山，看见了天上飘舞着的云，尽管都是模模糊糊，但是却足以令盼光兴奋。“再见了！小盼光！你让我做了一个伟大的举动。但是，这也是你买来的光明，用一颗善良友爱的心买来的。你让我懂得世界不可以完全用金钱来衡量，这个世界除了金钱还有更为珍贵的东西。也是你教会了我去爱别人，去关心别人。真的谢谢你！我要离开了，你二十个幸福的吻我会全部带走，把这幸福传递给宇宙中的每一个人，再见了！……”舞蒙蒙的声音渐渐虚弱，当世界再次恢复黑暗的时候，舞蒙蒙完全消失了。

“记得来看我！我会永远想念您的！”盼光在山间哭了很久……

后记

舞蒙蒙充满爱的光芒被太阳关注，它终于发现了自己的疏忽。“啊，去吧！我的孩子们！去把你们的光芒带去吧！”太阳仁慈地将满满的阳光洒在那一片土地上，人们惊喜地欢呼，跳起了舞蹈。盼光笑得很甜，它冲着蓝天喊：“我知道是您！真的谢谢您！”是的，舞蒙蒙就在这诸多阳光里，因为它的善举所以成为了阳光，它默默地在心里对盼光说：“我也要谢谢你！”

（指导教师：苏丽康）

爱的专卖店

杨丛颖

蓝天拉上了黑色的幕布，太阳公公结束了一天的表演，月亮便接着登上了舞台。叶岛的居民们结束了一天的工作，小岛上渐渐安静下来。

“咚……咚……咚……”十二点了，岛上渐渐黑了，大家都进入了梦乡，谁也没有注意到，叶岛上划过了一道粉色的光，落入了某个角落。

白兔晓夜还在睡梦中，就被姐姐晓意叫醒了：“晓夜晓夜快醒醒，出大事了！”晓夜“哦”了一声，翻了个身，又睡了。“小懒虫！”晓意不满地哼哼着，一掌拍在了晓夜的肚子上。晓夜半眯着眼问姐姐：“怎么了？”“今天，叶岛上来了一只粉色的猫咪，一夜之间，她居然开了一家店！”晓意边做早饭边说。这句话，让晓夜睡意全无：“完了完了，那怎么办？”谁都知道叶岛动物只能有566只，多一只或少一只，都会给叶岛带来灾难的。

当晓意晓夜匆匆赶到大街上时才发现，那只猫咪开的店，就在她们家旁边。“人真多啊，怪不得总感觉今天这么吵呢。”晓意喃喃道。“姐，看啊！这家店正招员工呢！我已经报了名，给你和我！”晓夜拉着姐姐就往店里走，同时还不忘了说：“那只猫叫咪咪，比咱们还小呢！真了不起……”“啊！欢迎欢迎，从现在起，你们就可以开始工作了，本店专售‘爱’，所以……”“什么？售‘爱’？”白兔姐妹不约而同地说。“对呀！”那只猫咪笑眯眯地说：“所以，店名就叫‘售爱’，今天第一天开业哦。”不等俩姐妹插手，咪咪已经卖出了一包可爱的毛线。“哇，你太厉害了，这里那么多卖毛线的，为什么他非买你的呢？”“因为这是爱的毛线啊！”

咪咪说：“用爱织成的勇敢羽衣，抵御寒冷，不怕困难。”

过了一会儿，松鼠小姐怯怯地推门进来，问：“咪咪在吗？”“啊，我就是。”咪咪迎了上去。“呜呜，咪咪，这里售爱情吗？”松鼠小姐忽然哭了。“你别急，慢慢说，能给我讲讲你的故事吗？”松鼠小姐点点头，讲起来她的故事。

原来啊，松鼠小姐一直暗恋松鼠先生，可松鼠先生只把她当好朋友，最近还和另一只松鼠关系很好。“我们就像自行车的前轮和后轮，虽然离得很近，但是永远无法触及对方。”咪咪耐心地听完，说：“这样吧，我卖给你一份爱。”那份“爱”是金色的，却比金子耀眼；那份“爱”是透明的，却比水晶还纯洁。“啊！谢谢！不过，它能干什么呢？”松鼠小姐问。“有了爱的支持，就无所不能了。”咪咪说。“嗯……是啊！那我拿什么酬谢你呢？多少钱？”“爱是金钱买不到的，不要钱的。”咪咪笑了，“松鼠小姐，再见！”“再见。”松鼠小姐破涕为笑。

……

过了一年，那个灾难发生了，原来就是叶岛金钱会减少。不过，大家都没有把咪咪赶走，因为他们明白：爱，无价。

（指导教师：马艳萍）

红豆与野花

劳毅凡

斯梦垣的妈妈是不允许家里养动物的，因为会将房间弄得一团糟。那养植物总行吧。斯梦垣趁妈妈去镜子前自我陶醉时，去厨房偷了一粒红豆，埋进花盆。

斯梦垣注意到花盆边上有一粒不知名的种子，就顺便把它和红豆一起埋了。斯梦垣给红豆浇了少许水后，满意地离开。

阴暗的土壤中，那粒被斯梦垣一起埋进去的不知名的种子先开口了：“你好，红豆。”

“你好，你是什么种子呀？”红豆说。

“我是一种野花的种子，而且我这种野花只开白色的。”野花种子谦虚地说，“不像你们豆子家族，有红豆、绿豆、黑豆……真多啊。”

“谢谢夸奖，”红豆礼貌地回答，“其实我们植物很脆弱，又不能动，那为什么我们要来到这个世界呢？”

“为了享受世界上的一切而来到世界。”野花种子俨然是一位哲学家。

“这是你的名言吗？”

“说不定有人说过了，但在植物中我应该算是第一个说的。”野花种子自豪地说。

“你真厉害。你要是当人，智商肯定很高。”

“我今生的愿望是开花。当人嘛，下辈子再说吧。”

“开花？那简单，等到一定的时间就会开花的。”

“其实……”野花种子面露难色，“我不可能开花了。我们这类野花是最弱小的，而这土又太硬，我没有力量冲出土壤。”

“那怎么办？”红豆同情地看着野花种子。

“你能帮我吗？”野花种子小声问。

“帮？这也能帮？好吧，我帮你。”红豆心想，应该很容易吧。

“谢谢……我们有一个祖传秘法，就是汲取旁边种子的能量来开花。”

“啊？”红豆慌张起来。

“果然……算了，对不起，就当我没说过。”野花种子失望了。

沉默。

过了好一会儿，红豆突然大喊道：“我帮你！”

“为……为什么？”野花种子瞪大眼睛。

“如果一粒种子对朋友的苦衷无动于衷，或者答应过的事又立刻反悔，这粒种子就算开花，也是一朵无情无义的花！如果一粒种子能为朋友、为守信而牺牲自己，就算没开花，它也绽放了一朵最美的生命之花！人类是这样，世间万物都是这样！”红豆说得热血沸腾。

野花种子开始战战兢兢地汲取着红豆身上的能量，每汲取一分，野花种子就多一分愧疚。

红豆死了。

一天，斯梦垣去看自己种下的红豆，发现那里竟盛开着一朵红色的野花。他觉得很奇怪，他通过野花的外形特征查遍所有网页资料，但资料都说这种野花除了白色，再也没有其他颜色的花了。斯梦垣见那红花的颜色如红豆一般，便命名为“红豆野花”。很快，斯梦垣因为“红豆野花”出名了，因为人们通过他的这朵红豆野花的种子繁殖出了千万朵美丽的红豆野花。

然而除红豆野花家族外，无人知晓它们的来历。

（指导教师：孙甜甜）

我去山谷的那边寻找春天

南水月

小松鼠是个爱幻想的孩子，他喜欢给每件自己喜爱的物品一个爱称。他喜欢的木椅名叫哈帕，他喜欢的月季名叫舒儿，他喜欢的松果则名叫春天。

那枚松果就摆在窗前，是小松鼠近日在山的那边偶然发现的。它饱满的果壳仿佛散发着明媚的曙光。

可那个飘着细雨的午后，春天却忽然不见了！小松鼠焦急万分，可任凭他在家中如何仔细搜寻，春天依然不见踪影。

小松鼠只好冒雨外出寻找，因为，他清晨时曾经怀抱着春天去山的那边采落叶。他瘦小的身影在微微秋寒中瑟瑟发抖，仿佛那秋风中瘦弱的枯叶。

迎面走来的是漂亮的小兔子，她的面容在精致花伞的映衬下更显俏丽。

“呵，你去哪儿呀？这么狼狈。”小兔子被小松鼠的不修边幅逗笑了。

“我去山谷的那边寻找春天。”小松鼠的语调如他细碎的脚步那样匆忙。说罢，便快速越过小兔子，只剩迷惑不解的小兔子呆立在雨雾中，注视着他渐渐远去的朦胧身影。

越过山间的溪涧，小松鼠遇见了刺猬。刺猬正欢快地在涧边的乱石中跳跃着，水珠让他的尖刺更为黑亮。

“呦，瞧瞧你的狼狈相，真是丢脸！”见了匆忙的小松鼠，刺猬尖利地嘲讽着。不过，他依然关切地问：“怎么了？”

“我……去山谷的那……那边寻找春天。”小松鼠忙于躲避锋利的乱石，因此说话时断时续。

“哈哈，真搞笑！还春天呢，你也不看看时节！”刺猬捧腹大笑着。可当他抬头再看小松鼠时，小松鼠的身影早已消失在远处浓密的树林里，被雨水一点、一点地模糊着。

雨依然下着，温润的草丛中，却没有田鼠们淘气的身影。呵，也许，他

们正渴望地注视着黑暗洞穴的外面，期待着再次的晴空万里。空旷而沉寂的树林，只有小松鼠杂乱的足迹。

时光飞掠而去，仿佛瞬间就已成为那指尖之上早已逝去的风景。小松鼠的辛勤寻找始终一无所获。于是，当他望见远处家中缓缓升起的袅袅炊烟，便加快脚步归去。

但当他垂头丧气地走入房间，细细环视，却发现春天已经原封不动地置于窗前。他惊讶万分，紧紧抱着春天，难以置信地回望着此次奇遇。

但当他几乎相信这映入眼帘的事实时，却不知，隔壁的小仓鼠，正悄悄地望着他笑哩。

（指导教师：罗伟）

让我拥有一个美丽女友

肖紫藤

从前，有一头膘肥体壮的骆驼，精神抖擞、人见人爱。它有一个好听的名字——壮壮。壮壮在一个美好的家庭里成长，在一个风景优美的环境下快乐、无忧无虑地生活着。那时候，它心里有一张地图，上面把有水的地方一一标明，它根本不需要储备大量的水以备后用。

有一天，壮壮的朋友来访。一进门，朋友便注意到有一头有气无力、垂头丧气的骆驼正懒洋洋地靠墙坐着。它的驼峰大得不得了，简直就像两座珠穆朗玛峰。环顾四周，朋友没看到壮壮，便有礼貌地问："壮壮在家吗？"只听见一个沉重的、沙哑的声音从刚才那只骆驼的方向传来："我就是呀。朋友，你不认识我了吗？"朋友大吃一惊，眼珠子差一点就迸了出来。他使劲揉揉眼睛，怀疑自己看错了。他还是不敢相信，眼前这头骆驼竟然就是自己的朋友。太难以置信了！他迟疑地问道："你……你……难道你就是当年拥有成群追求者、英俊潇洒的壮壮吗？难道你就是当年众多美女心中的白马王子吗？"壮壮的朋友百思不得其解，同时又为壮壮感到难过。这时，只听壮壮深深地叹了口气，似乎历尽了沧桑。它的声音充满了疲惫，充满了无奈。接着，它开始低声述说起个中原委。

"从前，这里的一切都是那么宁静，美丽，一切都是那么令人心旷神怡。慢慢地，人们开始破坏环境了。水渐渐少去，我脑海里的那张地图已经破碎，没有什么用啦。每次一看到水，我就埋头喝个够。我每次都喝下好多好多水，就逐渐有了那不可思议的'巨峰'。我的女友也因此离我而去。逐渐地，我的双腿成了O型，并且患上了关节炎，每逢天气变化，我的腿就会隐隐作痛。我自我解嘲，说我免费得到了一只晴雨表。我的血压也高了很多，但脾气却小了许多。因为往日的风采已经不复存在，我没有了自信，也没有了威风。我的女友不离我而去才怪呢！"壮壮一边诉说，一边抹眼泪。

它的朋友在一旁安慰道："老兄，别这么伤感。我相信只要人类懂得了如何保护环境，你就不会是一个'丑八怪'了。我一定会跟我的朋友们一起来帮助你重振雄风的。"

壮壮听了朋友的话，精神为之一振。它吃力地站了起来，激动地拉着朋友的手，说道："老弟，为兄在这拜托你了。请受为兄一拜，谢谢！"它的朋友也很动情，他向壮壮保证："为了你和你的朋友，也为了我们人类，我要大声呼吁：行动起来，保护环境。我一定要帮你重新找回自信。你一定能再次拥有英俊的外表，重新找到一个年轻美丽的女友！"

（指导教师：齐琪）

点石成“金”

陈志豪

“啊！”我惊恐地大叫起来，“好高！”我发现自己站在一座高过云天的摩天大楼上。俯瞰四周，原来我来到了一个繁华的高科技大城市，屹立在大地上的大厦高耸入云、千姿百态。

我看看我的智能手表，居然显示：2050年！没关系，我有一项了不起的本领——幻术，一定可以解决任何困难。现在就去参观一下未来的城市吧。

走在街道上，奇怪，怎么人人都戴着口罩？我深吸了口气，空气里有股怪味。街道上奔驰的汽车喷着难闻的尾气。抬起头，我看见高楼中间，插着一根根高高的烟囱，正冒着浓浓的黑烟，使湛蓝的天空若隐若现。

我赶快逃走，想到公园或者广场去呼吸一点新鲜空气。咦，这个城市居然没有公园！因为土地都用来建筑房屋啦。唯一的中心广场地面全是玻璃，中间竖着一个金色的大树雕像，四周还围着水晶栏杆。现在，我才发现，整个城市没有一棵树，这个雕像可能就是人们对失去的大树的纪念。

这样的城市一点也不美，让我来施展魔法点石成“金”，让它改头换面吧！

我先在宽阔的马路中间，安放了长长的花圃，花圃里一年四季盛开着不同的鲜花，有洁白晶莹的茉莉，有艳如朝霞的玫瑰，有娇羞粉嫩的桃花……在马路边，我也种上不同的树，这样，每条路都有了自己的名称：樱花路、木棉路、玉兰路、梧桐路……

中心广场的玻璃地面全换成草地。无边无际的草地像一块巨大的碧绿地毯。清风吹拂下，又像绿色的大海。金色的雕像变成一棵真正的参天大树，树叶郁郁葱葱，树干高大笔直，像一位勇敢的战士赶走黑烟尾气，还给天空一片蓝色。水晶栏杆变成美丽的花丛，蝴蝶在其中飞舞着。大树下，我还放了一潭清澈的湖水。曲径幽幽的湖边一座小亭子里，人们摘下了口罩，坐在亭子的石凳上，欣赏着湖光山色，鸟语花香，脸上绽放出笑容。

我重新站在摩天大楼的顶上，欣赏我的杰作。别忙，还差一点。我还要把大楼顶上变成一个个小公园，站在楼顶，放眼望去一片姹紫嫣红。这样才完美！

我不禁哈哈大笑起来，啪，头顶挨了一巴掌，我从梦中惊醒，“笑什么笑？起床！”原来是个梦，可是如果我们不珍惜大自然，有一天梦境就会变成现实。我很想对人们说：爱她，就要珍惜她！

（指导教师：吴勇）

送颜色

徐一菲

春天到了，颜色姑娘们迈着轻盈的步伐来到了果园里，给果树们送颜色。最先发现颜色姑娘的是杏树，后来是小梨树、桃树、小苹果树、柳树……

大家争先恐后地围着颜色姑娘要颜色。梨树、杏树、桃树个头大，把粉姑娘和红姑娘所有的颜色都要走了；柳树把绿姑娘的颜色也拿走了一点；丁香树也走过来说："我要紫色，紫色最经典，天上的七公主还叫紫儿呢！"于是，丁香树把紫姑娘的紫色都拿走了……

大树们你争我抢，闹得不可开交，他们都拿到了自己喜欢的颜色，开心极了。可怜的小苹果树因为个子太小没有挤到颜色姑娘的前面，所以什么颜色也没有抢到，伤心极了。这时，小梨树看到了小苹果树伤心的样子，走到它的跟前问："小苹果树，大家都很开心，你为什么哭呀？"小苹果树说："我没有好看的颜色，开花的时候会不漂亮的。"看着小苹果树伤心的样子，小梨树大度地说："把粉红色送给你吧，我觉得白颜色也不错啊！"听了小梨树的话，小苹果树开心地笑了。

过了几天，许多花都开出了美丽的花朵，桃树、杏树、梨树，红的像火，粉的像霞，白的像雪。果园里姹紫嫣红，五彩缤纷。这时，勤劳的小蜜蜂呼扇着美丽的翅膀也来了，它们嗡嗡地忙着采花蜜。五颜六色的彩蝶，成群结队地在花朵间翩翩起舞。大家说着、笑着、闹着，形成了欢乐的海洋。

正是因为有了小梨树无私的奉献，才使得果园更加美丽，更加生机盎然。

（指导教师：梁英慧）

画妈妈

王一可

蜗牛慢吞吞是一个懂事又能干的小蜗牛。他知道三八妇女节就快到了，正在准备送给妈妈的礼物。

想想来，想想去，觉得还是自己动手画一幅画这个主意不错。心动不如行动，说干就干，慢吞吞细心地画了起来。

他刚想下笔，猛地想到：每当我犯错误时，妈妈都会面带笑容地跟我讲道理，每当我不会做作业时，妈妈耐心地笑着给我讲解。那张充满微笑的脸是无法忘记的，我要把它画下来。想着想着，慢吞吞仔仔细细地画好了妈妈的头。

“妈妈平时都舍不得花钱给自己买衣服，所以穿得很朴素，这回我要给妈妈画一件世界上最漂亮的裙子。”慢吞吞一边想，一边自言自语。“唰唰唰”，他给妈妈画了件高贵的晚礼服，别提有多好看了。

妈妈那双温暖的大手，一直鼓励着慢吞吞向前走，当然要画得完美。他三下两下就画好了一双熟悉的手。哈，妈妈总不能光着脚丫子啊，慢吞吞又画了双闪闪发亮的水晶鞋。这时的妈妈，就像是一位公主。啊！一幅完美无缺的画完成了，就差送给妈妈了。

盼星星，盼月亮，终于盼到了三八节。慢吞吞把画送给了妈妈，还悄悄地说：“妈妈，我精心做了一个礼物送给您，祝您节日快乐！希望妈妈越来越美丽！”妈妈看看画，看看慢吞吞，流下了开心的眼泪。

“孩子，其实上帝已经给了我最珍贵的礼物——那就是你。记住，妈妈永远爱你！”蜗牛妈妈神情得意地说。

（指导教师：王力伟）

第二部分

照片里的故事

有人说，如果有轮回转世的话，愿下辈子还是父母的儿女。但我不希望，因为那样你们太苦、太累了。我企盼，我是您和妈妈的父亲或母亲，让我来无怨无悔地爱你们，默默地为你们操心，静静地忍受你们的叛逆……

——白桦《父亲，我该拿什么来回报您》

奶奶的花儿落了

玉米崽

花儿的离去，是风的追求，还是树没有挽留。

——题记

奶奶家的院子里有一棵梨树，那是奶奶年轻时种下的。风儿一吹，浓密的树叶“沙沙”作响，洒下一地梨花。奶奶对我那慈祥的爱伴着漫天飞舞的梨花和已变得高大的梨树在我脑海荡漾开来。

小时候，我的嘴很馋，每次回奶奶家，都会蹲在梨树下，盼望着快快结出香梨，好好解解“馋瘾”。而奶奶总是会像变魔术般从口袋里掏出许多好吃的，特别是梨。每次拿到梨，我就大口大口地咬起来，奶奶的爱像甜腻的汁水穿过我的咽喉流入心底，我的心也甜滋滋的。

后来我上了小学，功课变得一天比一天多，父母、老师对我的期望越来越高，因此，我的生活变得十分忙碌。周一到周五都要上课，周末又去上补习班、兴趣班……总之，我也不能常回去看奶奶了，从三天看一次到一周看一次，又到一个月看一次，有时一个月都未必能回去一趟。梦里我常常捧着奶奶给的梨儿“咯咯”地笑，还帮奶奶捶捶腿，醒来，枕头已被泪水浸湿一大片。

到了四年级，我已经通过自己的努力，成为了老师的得意门生、同学的好榜样、班级的“招牌”。但是，在上帝赐予我努力的果实的同时，却收回了一直是我精神支柱的充满爱的“香梨”。四年级的一天，我和爸爸妈妈接到亲戚的电话，说奶奶病危了。我和爸爸妈妈急忙赶到医院，在车上我一直默默祈祷：希望奶奶能挺住，吉人自有天相。

当我们赶到时，奶奶已经被送进了急救室。急救室那冰冷的大门仿佛是天堂与人间的通道，不断进出的医生和护士穿着洁白的束装，就像那奔丧的白绸，令我的恐惧油然而生。我不禁双手合十，默念道："奶奶，请你一定要活下来。"不知过了多久，急救室的灯熄了，门开了。我惊恐地望着主治医生，他默默摘下口罩，说出了我最怕听到的话："对不起，我们尽力了。"他又看着我，说："敏敏，你的奶奶要见你最后一面。"我推开了那充满寒气的门，手术室里冰冷的白色器具就像是死神的使者般站在奶奶周围。我急忙扑到奶奶怀里，奶奶拉着我的手，吃力地说："别哭，我不会死的，我会化作院子里的梨树永远守护你的……"我听后又大哭了起来……

风儿又吹落了一簇簇梨花，落在我掌心，我含着泪，对梨树默念："花儿落了，树还在。奶奶虽然过世了，但她对我付出的无私的爱永驻我心中。"

（指导教师：方青）

家——我心中的桃花源

沈菁晖

陶渊明笔下的桃花源，实乃一个美丽富饶之地。其实每个人心中都梦想着有一个桃花源，在那儿，山清水秀，与世无争，它是属于自己的一个精神乐园。我心中也有一个桃花源，它就是我的家。

我家中的景。我的家可美啦：有一间大房，大书房的书架上堆满了书，我可以随时随地游在知识的海洋里，有一个饭厅，亲爱的妈妈总会在厨房忙活一下午，为我和爸爸做一桌丰盛的晚餐，每次走进饭厅，就会觉得暖暖的；还有一个小院子，小时候，我在池中喂鱼，为小花浇水，给土地松土，这个地方，充满了我儿时的回忆。

我家中的人。我家是三口之家，家里充满了爱。爸爸像太阳，给我温暖；妈妈像月亮，给我温柔。有一天，我从学校回来，正好又没拿伞，只好淋雨了。回到了家，我接二连三地打喷嚏。爸爸走过来看着我难受，心疼地说：“为什么不带伞？感冒了，多难受啊！”说着，又递药给我：“快把药吃了吧！”这些话让我感到无比温暖。又有一次，我考试考砸了，心想：回到家里一定会被骂的。可到了家，妈妈知道后却丝毫没有动怒，反而安慰道：“没事的，下次不要再同一个地方跌倒两次，好好努力就可以。”妈妈的温柔多么可贵，我要好好珍惜它！

我家中的事儿。在我家里，我与爸妈相处十分融洽，我们时常互帮互助。有我帮爸爸捶背，爸爸助我解难题，我帮妈妈做家务，爸爸帮妈妈买菜。有一次，在爸妈结婚纪念日的那天，我趁爸妈出去办事，在家中准备了一份礼物。我跑进厨房，拿出菜谱，学着妈妈做饭的样子，在厨房干起了活——我为爸妈做了一个烙饼。我左舀一勺水，右撇一把盐，好几回折腾，才烙成一个不成形的饼。正好这时爸妈回来了，我把那块饼递给他们，叫他们品尝。爸妈咬了一口饼，皱了皱眉，随即又笑了起来，异口同声地说：

“好吃！”我很满足，悄悄地品尝了一口，天啊！真咸……每次我生日时，爸爸，妈妈也会送我礼物呢！

我心中的桃花源是一个有父母的陪伴，有爱栖息的地方。这就是我的家——我心中最美的桃花源！

（指导教师：黄蓉）

当你的微笑悄然改变

隋艳红

那天，和你聊天，偶然发现——你的笑脸已不似从前。暗自思忖，你一朵朵的笑脸又何尝一成不变？

当你的微笑变作艰难的强颜欢笑时，是你在默默地承受着做妈妈的心酸。比起你刚刚把我带到这世间来，我们的生活已有了不小的改变——当然，那多亏了你和他的辛勤付出。但，你的微笑却逐渐变得那般不自然——我现在终于知道，那是因为一个妈妈为了女儿更美的明天，而鼓足勇气，去面对无休止的加班！身为女儿的我，那时却不能为你分担半点，而且还总是带回那些分数很低的试卷。我却发现你那不再光滑的面庞里总是传来充满温暖的鼓励，现在想来，你当时的那些微笑应是多么艰难！妈妈，女儿终于读懂了你的强颜欢笑——那是你在默默地承受做妈妈的心酸！

当你的微笑变作小孩的顽皮时，是你在认真地恪守做一个贤妻的信念。夕阳西下，他领着放学后的小孩，带着一身的疲倦，回到你的身畔，在开门的那一瞬间，他们迎上的总是一场解乏的笑闹。也不知你哪来的那么多故事趣谈，也不知你哪来的那般精力去扮鬼脸！于是，不管是在厨房里，还是在餐桌前，总是洋溢着幸福的笑脸！因为你给他织起了一片想念归航的舒适港湾！妈妈，女儿终于读懂了你的顽皮——那是你在认真恪守做一个贤妻的信念！

当你的微笑变作会心的感激时，是你在安静地拥抱来自亲情的温暖。你会有喜怒哀乐，也会因病痛而乖戾。可你在生病时却总是挂着一副“我哪儿会有什么事”的神情，以此来让担心你的人将他们各自忐忑的心放得平稳，放得踏实。然而，他却知道你的心事，于是固执地送你去医院，为你拿药、熬汤、端水……你也总是报之以会心的微笑——这微笑有别于在看完试卷后给予女儿的鼓励，也有别于夕阳西下时给予父女的温暖，那是相濡以沫的他的会心的感激！妈妈，女儿终于读懂了你的感激——那是你在安静地拥抱来自亲情的温暖！

妈妈，你不断变化着的微笑教会了我很多！是啊，人间的面庞，千万张，微笑更是万千种。世界因你，因你的微笑，而更富诗意！

（指导教师：梁地）

想念母亲

陈嘉新

月亮悬挂在空中，明亮而皎洁，黑色的天幕上，缀着几颗若隐若现的星星，像是在等待。

安静地坐在教室里，手中攥着新学校的校规单，我心不在焉地望着窗外，只能看到流水一样的月光，眨着眼睛的星斗，思绪，也随之而飘飞。

我似乎也在等待，朦朦胧胧的一种情感涌上心头，泪水也不禁跳出我的眼眶。“你要好好地学习，离开家，要学会照顾自己。”对，这是妈妈的话，是我来到新的寄宿制学校之前，妈妈的叮咛。只记得，妈妈当时是微笑的，温柔得像清风，却无法掩饰她那微红的双眼。那时，我只是沉默，单纯地以为，我走了，就没事了。可，离开妈妈的我，现在细细回想，当初的微红的笑容里，该有多少不舍，该有多少欲言又止的嘱托！遗憾的是，我当初竟毫无察觉，现在才真的感受到，我是多么想念她！

晚风依然在吹拂，楼下站着的大树“沙沙”作响，像是在诉说今晚会是个不眠之夜，又像是低低吟唱那离别愁绪。月光洒下，母亲的身影，再次浮现在眼前：上学的早晨，妈妈为我准备好早点；阴雨的天气，妈妈为我送来雨伞；备战考试的夜晚，妈妈为我端来牛奶；取得成绩的时候，妈妈向我投来赞赏的目光；生活失意的时候，妈妈给我一个安慰的拥抱……

此时，泪已滂沱。

月光依然在流动，像是让我还记得母亲的体香，一股淡淡的茉莉花香。

妈妈，离开你的日子，真的好孤单！

不过，我知道，有你像空气一样的爱陪着我，我会加倍努力学习，让这种思念化作前进的动力，让我依然是你的骄傲！

妈妈，你是否还坐在我喜欢的阳台上仰望天空？

（指导教师：翟红梅）

父亲，我该拿什么来回报您

白　桦

曾几何时，您用硬实的大手牵着我稚嫩的小手……

曾几何时，您用车载着我叮叮当当穿过大街小巷……

曾几何时，您风雨无阻地出现在校门口等候着我……

思绪漂流到从前，打开记忆那扇门，我看见了一个个平凡而美丽的瞬间：那是您用强有力的臂膀为我撑起的一片天；那是您陪我走过的一个个脚印；那是您对我说过的一句句语重心长的话；那是您在我成功的背后默默的微笑……一切的一切，是父亲的爱，如此温馨，满怀深情。

但是，当我任性地追逐心中的世界；当我固执地涂抹成长的印迹；当我在青春的路上狂奔；当我在向美好未来宣誓，我发现，我在长大，而父亲却渐渐苍老，您的背脊不再挺直，您的容颜刻上了岁月的痕迹。我们的距离变得遥远，仿佛有一堵墙在我们之间，对话也变得苍白无力了。有时，我会与您激烈争吵；有时，我会伤了您呵护的心，这让您笨拙地想要爱我，却不知道怎么爱了。

透过房门外微弱的光，我听见您起身、拿手电筒、找药、喝水的声音。我知道，您的病又犯了，却意欲掩饰着，在黑暗中捂着嘴艰难地咳嗽，静静地叹息。那一刻，想到从前您的健朗，又回到现在，我不禁泪眼婆娑，泣不成声。

我看过一句话："父亲想用他那粗糙的双手为儿女挽住星、挽住月，但他不能够；父亲想给儿女舒适、快乐、温馨，但他却不能够。"我想，父亲是想把自己掏空了给儿女，只是他不能够啊！

我该拿什么来回报你，我最亲爱的父亲？

有人说，如果有轮回转世的话，愿下辈子还是父母的儿女，但我不希望，因为那样你们太苦、太累了。我企盼，我是您和妈妈的父亲或母亲，让我来无怨无悔地爱你们，默默地为你们操心，静静地忍受你们的叛逆……

我依旧在人生路上缓缓踱步，而父亲慈爱的目光，是我永远的期待！

此时耳边又响起了那首《父亲，你是安静的》：

因为你一直是我的靠山，
就算引来整个世界目光，
在我的心中你还依然是我所依靠的地方！

（指导教师：罗晓丽）

特殊的礼物

杨民帆

从小到大，我收到的礼物数不胜数，而对于我来说最特殊、最珍贵的就是它——父母的爱。

思绪回到我十二岁时的那个夏天。

那年夏天天气很热，我和几个小伙伴在树下乘凉，尽管嘴里已经含着冰棍，但仍感觉很热。一个小伙伴烦躁地跳了起来："热死了，我们去游泳吧！"伙伴们都答应了，唯有我蹲在一旁说："我不敢去，我妈妈会骂我的。""去！你妈妈哪会骂你？我可从来没见过你爸妈骂你！"小伙伴们纷纷点了点头。我还是犹豫不决："可我不会游泳啊！"我又解释说。"别怕！我们会保护你的。"最终，我还是和他们一起去了。就在我下水的那一刻，出事了。我踩到了一块很滑的石头，一下子滑倒在水里，水瞬间进到我的鼻子里、耳朵里，我拼命地挣扎着，幸亏伙伴们发现得早，把我救上了岸。上了岸，我发现我的头好晕，耳朵里"嗡嗡"响着，视线也变得好模糊。

不知过了多久，我睁开眼，白白的，是医院？开着灯，是晚上？果然，爸爸妈妈焦急地看着我。"我怎么了？"我问道，谁知妈妈脸色一变，不知从哪儿抽出一根细棍："还敢问？看我不打断你的腿。"我跳下病床，双腿颤抖着，准备跑，可还来不及跑，只听见几声脚步声追了过来。"好痛！"我跪在了地上，妈妈的棍子落在了我的腿上，我忍不住哭了起来。"知道错了吗？"爸爸说，"起来，过来。"我艰难地站了起来，转过身，眼前的一切使我惊呆了，妈妈哭了，手中的棍子明显颤动着，爸爸的眼眶也红了。

屋子里变得好安静，只听得见我的哽咽声。"过来，妈妈看看。"妈妈啜泣着，我慢慢挪到妈妈跟前，妈妈蹲了下去，小心翼翼地撩起我的裤脚，我明显感觉得到妈妈的手在颤抖，妈妈轻轻地抚摸着、吹着我的伤口，问道："痛吗？还痛吗？"可我却早已泣不成声了。

回家的路上，爸爸背着我，我终于鼓起勇气问："爸爸妈妈你们爱我么？"爸爸笑了："我们不爱你爱谁啊？"我又问道："那你们以前为什么都不打我，不骂我？小伙伴们都说你们不爱我了。"妈妈说："小猪，我们哪舍得打你，骂你。在我们心中你是最好的！"那晚的月亮好圆，好亮。我躺在爸爸宽厚的背上，不知不觉进入了梦乡。那一觉，我睡得好踏实，好幸福！

从那以后，我知道了，肯定了父母对我的爱。

"当你很小的时候，他们花了很多时间教你用勺子，用筷子吃东西；教你穿衣服，系鞋带，扣纽扣；教你识字，教你做人的道理。你是否记得你曾经经常逼问他们，你是从哪来的？所以当他们在某一天变老时，当他们开始在吃饭时弄脏衣服；当他们开始在梳头时手不停地颤抖；当他们想不起来，接不上话时，请不要催促他们！因为你在慢慢长大，而他们却在慢慢变老。但只要有你在他们身边，他们的心就会很温暖……如果有一天，当他们走也走不动，站也站不稳的时候，就像当年他们牵着你的手一样，请紧紧握住他们的手，陪他们慢慢走。"

这是前几天我收到的一条短信，看完后，我哭了。在此，我想呼吁所有的儿女们，如果你们还有一颗懂得感恩的心，就照着上面说的去做吧！

（指导教师：王佳宏）

唠叨是爱

郭文轩

“砰”清脆的摔门声打破了家里的宁静，我扔下妈妈，夺门而去，把妈妈的唠叨关在了门里。

记忆的时针倒转到半个小时前。我放学回家，一进家门，妈妈就从看到我那张不及格的卷子开始不停地数落我：“怎么考那么差？你知道吗？我和你爸爸辛辛苦苦工作，含辛茹苦把你养大，就是希望你好好学习，今后能考个好学校……你就这么回报我们呀？你怎么对得起我们？”“这次考试本来就难，而且一次也不能说明我没有努力呀？”我忍不住回嘴，“你一天到晚就知道说我，烦不烦呀？我受够啦！”我边吼边向大门冲去，就发生了刚才一幕。

走出家门，小区的路上很安静，一个人也没有。从别人家敞开的窗户里飘出诱人的饭菜香。我想：这时，同学们一定坐在餐桌前，和爸爸妈妈一起吃着香喷喷的饭菜。可我呢？眼泪不争气地流了出来……

这时，一只小鸟从我头顶飞过，落在旁边的大树上。它站在树枝上不停地叫着，好像在呼唤什么？不一会儿，不知从哪儿飞来一只小鸟，落在枝头，两只小鸟亲热地蹭着脑袋。这种情景多么熟悉，妈妈和我也曾这样亲……

四年前，我还在一个乡村小学读书，学校离家很远，妈妈每天上学放学都会来接送我，从来没有间断过。记得有一次放学时，天空忽然电闪雷鸣，不一会儿就下起了倾盆大雨，同学们都很着急：“怎么办？我没带伞？”可我一点也不着急，因为我知道我的妈妈一定会来接我的。果然，风雨中，妈妈出现在我的视线里：她骑着那辆破自行车，穿着那件旧雨衣，脸上挂满雨水。我坐在自行车后座上，躲在妈妈大大的雨衣下，妈妈不停地唠叨着，一会儿问我学习，一会儿关心我和同学怎么相处……那时，妈妈的唠叨多么亲

切，让我心里暖暖的。

这时，妈妈会做什么呢？她一定会很着急吧？我想，我真的错了，妈妈这么爱我，我不能这样做。于是，我慢慢向家里走去。打开门，妈妈正在打电话，看见我回来，赶快放下电话，眼睛里满是焦急。灯光下，我忽然看见妈妈耳边的一根根白发……我小声地叫了声妈妈，奇怪的是，这次妈妈没有唠叨我的不是，只是笑了一下说：“吃饭吧！饭快凉了。”我捧着热气腾腾的饭碗，眼泪再次不争气地流了下来……

（指导教师：吴勇）

幸福就在我身边

王　迪

那，是一个凉意正浓的深秋的夜晚。

而我，却充分感受到了幸福的温暖。

和往常一样，我写完作业准备洗洗睡觉的时候，发现电视还在闪烁，该不会是妈妈看电视睡着了吧。

我想去提醒一下妈妈，却发现爸爸正陪着妈妈，妈妈闭上眼睛靠着爸爸，脸上带着浅浅的笑，显然是睡着了，然而爸爸却以极别扭的姿势坐着，想必是这样坐是不舒服极了，但这样肯定能让妈妈睡得舒服些。

我刚想去叫醒妈妈去卧室睡时，却被爸爸的一个手势给制止了。“嘘！去给你妈妈拿一条厚一点的毛毯来。”

我蹑手蹑脚拿来条毯子，但还是不禁压低了声音问一句：“爸爸，为什么不让妈妈去卧室睡呢？”

“哦，我陪你妈妈在等一个电视剧的结局，现在广告呢，一会儿开始了，我再叫醒她。”爸爸替妈妈拉拉毛毯，又叮嘱我，快去睡觉吧，明天还要上课呢。

我点点头，蹑手蹑脚地回我卧室。然而心中却止不住向外洋溢着什么。洋溢着幸福？这就是幸福吗？我悄悄地问自己。

大概这就是幸福吧。妈妈应该是幸福的，因为她可以踏实地靠着爸小憩，因为她知道，爸会如约叫醒她，一起看完故事的结局；爸爸是幸福的，因为有妈妈的充分信任，有坚实而温暖的臂膀；而我也是很幸福的，因为有爸爸妈妈的疼爱，有温暖和谐的家。这是一个幸福之家，我感到是最幸福的。

不错，幸福已经来到了：蹑手蹑脚的，怕惊动了我们，哈哈，还是被我发现了，被感觉到了。幸福在哪里？在妈妈对爸爸的信任里，在爸爸对妈妈的呵护里，在坚实的臂膀里，在温暖的怀抱里，在这个充满爱的房间里。爱在房间，幸福满屋。原来幸福是这样简单，用一点爱的呼唤，迈着轻盈的步伐，迅速扩散满屋。

哦，对了，我要用“爱”的画笔，将这份幸福描画，放在心中“永恒”的抽屉里，每每去翻开，我都会用心感受这份爱，这份简单的幸福。

（指导教师：时思思）

幸福的颜色

朱亦清

幸福是什么颜色？我发现它无所不在，它就在我们身边。

过生日了，妈妈送给我一个粉色的铅笔盒，上面有一只可爱的小猫，挥着爪子冲我笑，可漂亮了。妈妈还对我说："茜茜生日快乐，祝你天天健康，日日快乐。"我感到无比幸福。噢，幸福的颜色是粉色的。

爸爸带我去海边旅游，我看到一望无际的蓝色的大海，阵阵白色的波浪，我感到无比幸福。幸福的颜色是蓝色的。再抬头看看天上的海鸥，白色的海鸥成群结队地飞过，和谐安详，幸福的颜色是白色的。

早晨我从梦中醒来，一缕金色的阳光照在我的身上，我觉得非常幸福、温暖。金黄色是幸福的颜色。

过了漫长的暑假，我又迎来了一个新的学期。上课了，我忽然发现自己没带改正带，就在我焦急万分的时候，我旁边的温家豪看见了，他把自己黑色的改正带借给我，我说："谢谢"。温家豪说："不用谢，我们是同学，要互相帮助。"我忽然觉得自己很幸福。啊！黑色也是幸福的颜色。

下课了，我和穿绿衣服的同学张甲西一起在操场里追跑、嬉戏。我非常快乐幸福，我最喜欢的绿色理所当然地成了幸福的颜色。

我们搬了新家，再也不用住租的小房子了。往新楼房望去，橘黄色的楼非常高，我们的新房非常宽敞温馨，我好幸福呀！幸福的颜色中也有橘黄色。

我明白了幸福的颜色是五彩的，它包含着老师、家长、同学对我们的关爱。我发现了它，你们在生活中发现了吗？

（指导教师：张繁芳）

我的母亲

侯竹如

雁过无痕，岁月无声，白驹过隙的光阴却在生命的每一个空隙里不着痕迹地流动。流年的浪花染白了母亲的鬓发，涟涟的水波吹皱了母亲的双手。透过母亲劳累的背影，我看到了我的成长。母亲，您辛苦了！

记忆的闸门在花的簇拥下打开了……

童年，母亲在我的眼里是一名神圣的老师。我羡慕母亲在三尺讲台上播撒种子，羡慕母亲的大脑里有无穷的知识，羡慕母亲在我碰到困难时总给我以启示。小时候的我是个调皮的女孩，父母亲在田野里干活时，我就在广阔的田野上撒欢地玩耍，把麦子的麦穗摘下来当扫帚，把红薯的叶子采下来编首饰，把黄瓜的小花戴在自己的头上。这时，母亲总会狠狠地瞪我一眼，然后一把抢过我手中的小花，严厉地对我吼："你知不知道这样做会破坏庄稼的生长！"我低下头，小声嘀咕："不过是一片叶子，一朵小花嘛！"母亲拉着我坐在大树底下，告诉我："一片叶子一份果实，一朵小花一朵希望，叶子能帮助植物进行光合作用……来，我教你背《悯农》。"那时的我，虽然对母亲的话一知半解，但也正是母亲的话打开了我求知的大门。在母亲的引导下，我静了下来，不再在田间大闹，而是观察庄稼的生长或在大树下看书，看父母劳作的背影。

童年，如果我养成一丝一毫的好习惯，如果我学会了学习，我都得感谢我的老师兼慈母。

少年，母亲在我眼里不再那样渊博，不再那样神秘，她做起了我兼职的保姆。早晨，我刚睁开眼，就会看见母亲在厨房忙碌的背影，能闻到小米粥的香味。一碗小米粥总是那样静静地放在桌上，等待我的到来。粥是那样的洁白，像牛奶，似乳汁，闪动着晶莹的光泽，闻一闻更是沁人心脾，令我神清气爽。用筷子挑一挑，小米粥上面那层薄薄的粥膜就从空中划过一条弧线，然后悠悠地落到碗里，像美少女翩翩起舞，似调皮的孩童嬉戏。轻轻一抿，丝丝滑滑，嫩嫩酥酥。临走时，母亲又为我递上一杯清水。

母亲，总是在我失败时，激励我奋发向上，勇往直前；总是在我成功时，教育我虚心谦逊，不要自满；总是在我放弃时，告诉我永不言败，争取进步。

母亲，我爱你！不管在我眼里是老师还是慈母，您都用您的爱演绎着博大精深的爱的力量！

漫漫人生旅程，正是无私奉献的母爱，教会我用心去关爱他人、关爱社会、关爱世界，激励我摈弃自私和怯懦，用爱心拥抱真善美的生活，一步步走向成熟和成功。

（指导教师：林玲）

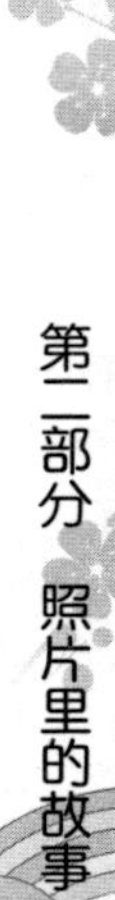

那一刻，我懂得了爱

文宗成

每个人在生活中总有一些印象深刻的人，但最容易忽略的往往是身边最熟悉的人。

六岁那年，我和妈妈一起去公园玩。池塘里的荷花开了，五颜六色，风一吹，荷花动起来，宛如一群美丽的女孩翩翩起舞。碧绿的荷叶下，同样五颜六色的小鱼游来游去。我高兴地朝池塘边跑去，趴在池塘边用小棍逗着小鱼玩。

妈妈跟在我后面不停地说：“儿子，小心！小心！”但我跑得很快，一会儿在这边，一会儿在那边，妈妈追着我，气喘吁吁。我觉得好像在捉迷藏，妈妈总也抓不住我，很有意思！

趁妈妈坐在石椅上休息时，我扔掉棍子，用手去捉鱼。突然，脚下一滑，我扑通掉进池塘里啦！耳边只听见妈妈的尖叫声：救人呀！我儿子掉进池塘里了！

我的双手在水里扑腾着，身子愈来愈沉，好像水下有人拉我。惊慌中，我拼命寻找妈妈的身影，朦胧中我看见妈妈冲到池塘边一下子跳进池塘……很快妈妈游到我身边，在我身后用力推着我，把我推到岸边。很多人跑过来，把我和妈妈拉上了岸。

我呛了几口水，没什么事。回过神来，我看见妈妈躺在地上，昏迷了。我才想起妈妈不太会游泳，妈妈会不会……我吓得大哭起来：“妈妈，妈妈！”感到从来没有过的恐惧，害怕妈妈从此离开我。泪眼朦胧中，我看见很多人在救助妈妈，还好，经过急救，妈妈醒了过来，没有什么大碍，原来不太懂水性的妈妈为了救我，太着急，救我的时候又呛了水，筋疲力尽才昏迷过去。

后来，我们回忆起这件事，总是会感到后怕。我问妈妈：“妈妈，那时你为什么这么勇敢？”妈妈笑了笑，平静地说：“也许这就是做母亲的本能吧！谁叫我是你的妈妈呢？”望着妈妈慈祥的脸，那一刻，我懂得了什么是母爱！我的心被塞得满满的，我无法用语言来表达心中的感动，但我明白了今后我该为妈妈做些什么来回报妈妈无私的爱！

（指导教师：吴勇）

照片里的故事

刘润风

一看见那张照片，哎呀呀，我就禁不住要脸红啦。

照片里的我，穿着雪白的短袖，圆滚滚的胳膊，像一段白藕，两只胖乎乎的小手举到胸前，合在一起。脸上呢，挂着汗珠子，不好意思地笑着。

那是在三年前的一个夏天，天热得要命，到中午就更加不得了。那时候我才几岁呀？反正爸爸妈妈每天中午都非要我睡午觉，可是我怎么睡得着呢？这正是玩水的好机会呀。接一大盆子水，往里面丢什么都好玩儿——玻璃球啦，塑料鸭子啦，还有五颜六色的塑料小鱼等等，这不就成了一片湖水？而且，最要紧的是，衣服弄湿了也不会挨骂。

不过，我必须睡觉。躺在床上，闭着眼睛，我翻来覆去，怎么办？

有啦！我睁开眼，对着爸爸耳朵喊：“解小手呀！”爸爸皱着眉，哼了一声：“去厕所？好，快点！快两点了！”我偷偷笑着，下了床，溜到洗手间里，关上门。

水真凉啊，还是玩水好，睡什么午觉呢？忽然想起，爸爸给我洗澡，总是放一些药味很浓的东西，叫什么“宝宝金水”，可是一直不让我玩儿。现在好了，我拧开瓶盖，倒了满满一手心，黄黄的流成一大片。哇，还是那草药味，腥腥的，难闻死了。

才多大一会儿啊，爸爸就叫我了：“怎么回事？这么长时间？”“快了快了！马上！”爸爸急了说：“我去看看，到底干啥了。”我赶紧窜到卧室，跳上床，乖乖躺下去。

可这回爸爸睡不着了。他坐起来，挠着头，嘀嘀咕咕地说：“哪来这么大的味儿啊？”一边东瞅西瞧，四下找起来了。我吃了一惊，也只好做出奇怪的样子说：“就是呀，这么大味儿。”爸爸终于恍然大悟：“是‘宝宝金水’吧。”忽然，他拉着我的手大叫：“在这里在这里呀！这么黄！好哇，你小子竟敢偷玩这东西！”我的脸一下子热烘烘的，含含糊糊地强笑着说：“不是！不是！这个不是！”

爸爸笑呵呵地摸起身边的手机，“啪——”把我照下来了！

就这样，我那不好意思的样子就留在照片里啦。

现在想想，还是爸爸说得对：“有什么过错都可以给爸爸说嘛，越装越丢丑哦！”

（指导教师：赵敏）

为了妈妈的微笑

高　秀

又到双休日了，我也该回家了。在回家的路上，我乐滋滋地唱起了刚刚在音乐课上的老师教的歌谣。因为这周期中考试成绩下来了，我成绩不错，得了一个大大的奖状。一想起这我又暗自笑了起来。

终于到家了。进了院子，我把自行车靠在墙边便急不可待地拉开那扇温馨的房门。进了门，一股家的味道便扑鼻而来。房间里炉子正旺旺地烧着，房间里暖融融的。妈妈正坐在桌子旁编垫子，看到我的出现放下手中的活问："回来了，路上冷不冷，在学校冷吗？快过来烤烤。"我应答着："还行，还行。好，好。"可当妈妈的手握住我的手时，我却发现妈妈的手已经冻坏了。原先干瘦的手指这时已经冻得肿胀起来，红红的，整个手背像一块面包。"妈妈，你的手……"我刚想说什么就被妈妈的话打断了。"没事，这两天冷点，平常我又得喂猪羊、做饭，加上我刚刚领了点活，得给人干完呀！没注意手就冻了，现在好多了。"说着妈妈轻轻搓了搓手。我看看妈妈的手，原先高兴的心情全没了。"我帮帮你吧！"我说。"你别了，快写作业吧，把学习学好就行了，不用做别的事。写完作业就休息休息或者看看书、写写字什么的，别的事就不用操心了。"

这时妈妈转身出了房门，把离炉火最近的位置让给了我。看着妈妈那瘦弱的背影，再想想妈妈肿胀的手，我难过极了。为了这个家，妈妈付出了多少呀！岁月已经在她的手上、脸上、头发上、身体上留下了印记。原本爱笑的妈妈也很少笑了，或许是生活的艰辛使笑容已经很少在妈妈的脸上停留了。多想让她笑笑呀，让那笑声带走妈妈心头的愁云。突然，我想起了老师发给我的奖状。我打开书包，拿出了那张崭新的奖状跑出门去。

"妈妈，给你一件东西看看。"我轻轻地说。"什么呀？"妈妈疑惑地说。我亮出我的奖状。"是你得的吗？"妈妈的疑问中透出了一丝惊喜之情。妈妈仔细地端详着这张普通的奖状。“不错嘛，不要骄傲，以后还要认真学习。”妈妈说这话的时候笑了，瘦削的脸上泛出了一丝红晕。望着妈妈的笑容我使劲点头答应着。因为我知道，不为别的，就为妈妈的微笑我也得这样做。

我高兴地回房间学习去了。回头看看妈妈还在仔细端详着那张奖状，脸上依然保留着那幸福的笑。

（指导教师：周世敬）

花椒树下的童年

王灏荃

小时候，我家没有房子，我借住在奶奶家。奶奶家房前有一个大大的院子，我和小朋友经常在院子里做游戏。院子里还种有各种蔬菜，满眼望去，红的西红柿、绿的黄瓜……但我记忆最深刻的，是奶奶家种着的两棵花椒树。

每当花椒成熟时，家人就抱我到花椒树下，能闻到很浓的香味，只待上一会儿，我实在受不了就跑开了。大人将收回的花椒放在窗户前慢慢晾干，这让我有机会能仔细观察。那花椒小巧玲珑，外表是红紫色或红棕色，开裂后，里面种子小小的，还发着黑油亮的光芒。我那时觉得花椒应该和藿胆丸一样大。那时的我，认为花椒最有用的是“黑珍珠”，而不是那手感不光滑的果皮。当奶奶炸花椒时，我总会竭力制止，不要奶奶炒了我的“黑珍珠”，而我，却拿着“黑珍珠”仔细摆弄，不知道它就是花椒的种子。

每年一到收获的季节，我就一摇一摆地紧跟在妈妈身后，胖胖的小手中紧攥着一个塑料袋，当然，这是准备接花椒的袋子。爸爸手拿剪刀，踩着小木凳，到花椒树上剪花椒，剪下来的自然就落到地上，妈妈则将它捡起，放入我的小袋中。我偶尔用小手一指，告诉妈妈，那还有，妈妈高兴地不停夸我。忙活了一上午，装了满满八袋，我很开心。

在这飘满花椒香的四年里，我度过了快乐的童年，但我始终不会忘记那两棵花椒树。

（指导教师：高明亮）

感谢爸爸

李水灵

去年正月，一场大雪过去，小区的暖气突然停了，室内和室外温度没有丝毫区别，都是寒气逼人。爸爸干脆带上我和妈妈，开上“只差一个轮子就是奔驰”的摩托三轮老爷车加入了拜年的队伍。

天空飘着鹅毛大雪，地上也泥泞不堪。过了市区，我们到了郊外，这里没有喧闹的人群，多了一份宁静。妈妈紧紧搂着我好让我暖和些。我正兴致勃勃地欣赏着很少见到的乡村风景，突然，车停了！唉，这老爷车坏了！我和妈妈只好下车，爸爸顶着刺骨的寒风拿起工具当起了修车师傅。为了让自己暖和，我不停跺着脚。后来雪越下越大，我和妈妈躲在了一家商店的屋檐下，焦急地等待着。爸爸跪在雪已融化的黑泥地上，裤腿已是湿漉漉的了，双手全是油污，但他仍不能停下来休息。妈妈走过去把自己的围巾围在爸爸的脖子上。爸爸看妈妈要帮忙，连忙说：“我比你高，比你胖，有的是劲儿，你去屋檐下避避风寒。”妈妈无奈地又返回来。

好长时间过去了，风雪中的爸爸已经忙了快一个小时，全身已没一处是干的了。我踩着雪走过去又把自己的围巾围在爸的脖子上。当我拿下刚才妈妈给爸爸围上的围巾时，发现那围巾已经变得冰凉，而且冻得硬邦邦的。爸说：“儿子，再忍耐一下，马上就好。”

当爸爸终于从泥地上站起来时，妈妈和我高兴地冲了过去，妈妈带着香味的手和我的小手一起握住了爸爸又油又凉的大手，我不停地“耶耶”地叫着……

老爷车又恢复了活力，向前行进。我从车窗向爸爸伸出了大拇指：“爸！你是天下最棒、最伟大的爸爸！”爸爸冻得通红又沾着几块油污的脸露出了笑容。

此时，我心疼爸爸的同时又觉得好幸福，风雪中爸爸撑起的这把温暖的伞使我忘记了寒冷，心里暖暖的。

（指导教师：苏丽丽）

做妈妈的妈妈

郝昕瞳

我平时很烦妈妈，因为她老管我，而且我又是个不服管的孩子，冲突自然是不可避免的了。

在一个秋风萧瑟的早晨，妈妈去上课，临走前叮嘱我："好好写作业啊！不要玩电脑啊！我中午回来检查作业啊……"没等老妈说完，我就"客客气气"地将老妈请出了家门。

我刚写了一会儿，决定去外面透透气。没想到的事发生了，天空中落下了久违的雨点，雨越下越急如黄豆般大小。唉，没办法，只好回家写作业。我边写作业边想怎么办，终于我决定：打伞出门！不一会儿，我换了行头就出门了。

刚走到拐弯处，我就看到一个熟悉的身影——是妈妈！我想冲上去为妈妈挡雨，可看到她在冷风中艰难地行走的样子我心里一阵酸楚。我不敢再多看一眼妈妈，飞奔回家，坐在写字台前想：如果妈妈没有我这个孩子，不为我操那么多的心，她一定会比现在更年轻、漂亮。想到这里，我又想起妈妈对我的好来：妈妈关心我的健康、生活、学习，有什么好东西妈妈都会尽可能给我买来，给我创造各种机会学习旅游。妈妈管我是为了我好，当初她让我学自行车，我在车上吓得哇哇大哭，妈妈跟在后面满头大汗，我恨死她了，可是当我和小伙伴们一起在操场上开心地骑车追逐的时候，我理解妈妈了。我爱我的妈妈，因为她不但赋予了我生命，还陪我走过了十一年的风风雨雨。

就在这时，我轻轻地许下一个愿：我要做妈妈的妈妈！关心她，爱护她！

（指导教师：马艳萍）

母 爱

李姗姗

妈妈又发火了，我动了动嘴角，但终于什么也没说，走出了房门。

又是秋天，凉爽的秋风迎面吹来，松树在清风中摆动着松枝，层层的绿显得如此飒爽。轻轻地，一枚松针落进了我的手心，微微的疼唤醒了我对往事的回忆……

“姗姗乖，再多吃点，要不会饿肚子的……”

“妈，我真的不想吃，饿了我自己会吃，别再跟我这样软磨硬泡了，行不行？真烦人……”

“快点吃，再不吃，我就……”母亲的语气开始加火了，而我依然犟着。

“啪啪”，清脆的巴掌声落在了我的脸上，泪水冲出了眼眶，我捂着脸跑向房间。谁知一把大锁挂在门上，小小的我扶着门站在门槛上，指尖跟着踮起的脚尖升高，猛一下推动那把大锁。蓝黑色的大锁终于掉了下来，不偏不倚地砸在了我的左脚上。

钻心的疼痛使我懵住了，紧接着便是一阵嚎啕大哭。闻声赶来的母亲惊得大叫，急忙抱起了我，进屋又是找药，又是扯布，给我包扎伤口。

她一面给我包扎，一面责怪自己不该骂我，不该打我，没有照看好我，竟在十步之内让我受到伤害。此时，本已疼得发麻了的我，又禁不住轻轻地哭了，大滴大滴的泪水止不住地流淌着，妈妈也是泪眼婆娑。

血止住了，妈妈轻轻地捏了一下我的小鼻子，笑了，我也破涕为笑。窗外，绿色的松树在落叶飘飞的秋天摆动，轻轻送来一片松针，柔柔地飘在了母亲的肩头，落到了我的手心……

（指导教师：汪伟涛）

请你谅解我

邹　畅

“我跟我妈一天一小吵，两天一大吵，一个月一次终极大战。”听到好朋友这样说她和她妈妈的关系，我不禁想到了咱俩之间发生的事情——

当别的孩子在妈妈温暖的怀抱里时，你我却每天晚上在电话里“见面”。小时候我经常对你说“妈妈是不是不要我了？你还回不回来了？”当你一声声说“回去了，我还要你”时，我心中一次次地升起希望，希望总在第二天时被绝望打碎。每天晚上的通话，成了咱俩唯一能听见对方声音的方式。你，在日本；我，在中国。你我在两个国度互相思念。终于等到了那一天，因咱俩三年时间没有相见，所以导致我在机场接机时都没有认出你，直到爸爸告诉我这是妈妈时，我的嘴里才生硬地喊出“妈妈”两个字。我不敢相信站在我面前的自称是我妈妈的人竟狠心抛下自己两岁的女儿一个人到外面去打拼。

直到有一天，谜终于解开——

无意中翻到了你在日本写的日记，才知道你对我有多愧疚。从来不知道我与你通话时你已经泪流满面。你，比我更加思念自己的亲人。妈妈，请你谅解我，谅解我以前的不懂事和无知。小时候我认为，你没有对我奉献出自己的爱，现在我理解了：正因为你对我付出了太多的爱，所以我没有感觉到。正因为你对我的爱里有太多的味道，我才分辨不清，品尝不到。

妈妈，请你一定谅解我。

（指导教师：马艳萍）

母爱之书

郑丹阳

母爱好像一本看不完的书，里面蕴含着许多东西。有欢乐，有泪水，有温暖，有感动。这一本书陪伴了我十年，我在这本书里读到了许多许多。

翻开第一页，里面写着感动。

有一年春天，我和妈妈去汾河公园放风筝。我放了好几次，都没有放起来，我像个泄了气的皮球，急得直跺脚。这时，妈妈告诉我要耐心，并且手把手地教我放风筝的技巧。风筝越放越高，好像飞上了云层。我在旁边拍手叫好，突然发现妈妈的手在流血，我看见鲜红的血一直往外流，我心疼地说："妈，您的手破了，别放了"。妈妈拿纸按住伤口说："没事，是风筝的螺丝划破的，不疼。"回到家，她又马不停蹄地洗衣服，洗衣粉沾到伤口上，疼得妈妈使劲用毛巾擦。我一次次想帮她洗，可她都拒绝了。我强忍泪水，想：妈妈为了让我快乐，自己受了伤还坚持陪我玩，这就是伟大的母爱。

翻开第二页，里面写着汗水。

二年级时，妈妈给我报了英语班。每星期不管刮风下雨她都要骑自行车送我上课。她为了回家更好地辅导我，就悄悄坐在教室后面，和我一起听课。那股认真劲，就像小学生一样。回到家，妈妈和我一起读课文，一起做练习。为了我，妈妈放弃了许多，看着墙上一排排我的奖状，其中也包含着妈妈的辛勤与汗水。

翻开第三页……

这就是母爱，母爱能给我带来许多金钱换不到的东西。母爱是世界上最伟大的爱。

（指导教师：薛畅）

爷爷的呼噜

叶珍璐

我的爷爷今年七十多岁了，他可是一个打呼噜的高手呀！

你还别说，真是大千世界，无奇不有。爷爷的呼噜真是抑扬顿挫。有时，如同“飞流直下三千尺，疑是银河落九天”那般磅礴；有时，又像“泉眼无声惜细流，树阴照水爱晴柔”那般轻柔；有时，犹如“三万里河东入海，五千仞岳上摩天”那般雄伟。时而令人震耳欲聋，时而又如春风拂面；时而“波涛汹涌”，时而“风平浪静”；时而像小提琴一样欢快，时而似琵琶一样清脆；时而像大提琴一样厚重回响，时而如二胡一样美妙绝伦……

平时，我都是和爷爷同房间睡觉的，每天早晨，都是爷爷的呼噜把我的美梦吵醒。每一次我都使劲地推爷爷：“爷爷，爷爷，你的呼噜可把我吵死了，真讨厌！”

每次爷爷把我吵醒了之后，都很不好意思地对我说：“对不起，珍璐，爷爷又把你吵醒了！”可过了一会儿又睡着了，呼噜声又起了，我看着爷爷睡得那么香甜，虽然心里挺不舒服的，可真不忍心叫醒他呀！有时看着爷爷憔悴的脸庞，我想爷爷一定是白天忙于工作，太辛苦了吧！

直到后来，爸爸买了新房，我也长大了，我和爷爷分开睡觉了。可是很奇怪的是，身边没有了爷爷的呼噜声，反而觉得少了点什么似的。我知道，是我开始想爷爷了。

到现在为止，我还真有点怀念爷爷的呼噜声呢！

（指导教师：叶立华）

爸爸妈妈，请听我说

杨瑞堂

在这个世界上，谁没有沐浴过父母的爱，谁没有体会过父母的关怀？我是一个幸福的孩子，我无时无刻不享受父母之爱。父爱重如山，母爱深似海，我对父母的爱用语言无法表白。

说起我的父母，我的心头就涌起无限的感激。父母为了我的成长，呕心沥血，可我是一个不善于表达的孩子，借此机会向父母述说我的心里话。

在我生病时，父母扔了工作来护理我，长年累月地奔走操劳，不分昼夜、不知疲倦地忙碌着；在我为学习上的困难而烦躁不安时，是父母用他们的心鼓励着我……因此，我在家做一些力所能及的家务活儿，每到周末，父母吃过早饭就匆匆地走了，继续他们为生活奔波的历程，而我就打扫房间，洗碗筷。虽然活不重，可是每次干完后，手上还是沾满了污渍。我一点也不在乎，依然抽空就做。因为我觉得这也许能减轻一点他们的劳累。

每当父母回来后，看见已经洗好的碗筷、干净的房间，他们除了口中不停地说着“儿子长大了，懂事了”，脸上还洋溢着欣慰的，无以言表的幸福的笑容，在他们的眼睛里，我同时看到了他们激动的泪花。

不管是炎热的夏天还是寒冷的冬天，父母每天都起早贪黑，无论什么天气都去做生意，每当我醒来时，早已不见父母的身影了，这时，我内心不禁有些酸楚：妈妈你的腰还带着钢钉，你要多注意，你自己那瘦弱的身体，要多休息，等晚上回来，我还给你洗脚、捶背、揉腰。

亲爱的爸爸妈妈你们辛苦了，我能对你们说些什么做些什么呢？我只能从心底里说：“感谢我最疼爱的爸爸妈妈！我一定做一个懂事的孩子，珍惜现在的读书机会，发愤学习，积极向上，争取以优异成绩来报答父母的养育之恩，也来表达我对父母的爱。”

爸爸妈妈：我爱你们。

（指导教师:李新军）

给妈妈洗脚

连春燕

感谢妈妈，教我走出人生的第一步，感谢所有我要感谢的人。在这个世界上，给我最多爱的人，那就是我妈妈。从我呱呱坠地起，妈妈就承担起养育我的责任。妈妈对女儿的爱是无私的，不计回报；妈妈又像一把小伞，伞下总有一张淋不湿的小脸；妈妈的爱如大海，无论你漂泊多远，那儿是我的摇篮。

有一天，妈妈和平常一样洗衣服，她忘了自己的生日，趁这个机会，我想今天是妈妈的生日，给妈妈一个惊喜。我想来想去，不知道该买什么东西好，于是我查了查电脑，电脑上说给妈妈洗一次脚，妈妈就心满意足了。

我赶紧烧了一壶水，然后拿出洗脚盆，把热水倒了进去，我又加了一点自来水，就叫妈妈："妈妈，过来一下。"妈妈过来了。我挠着头，结结巴巴地说："妈妈，今天是你生日，我没有太多的钱给您买礼物，就让我给您洗一次脚吧！"妈妈温柔地说："孩子，这些妈妈都会干，不用你给我洗。"我一本正经地说："不行，我都没有给您洗一次脚，今天就让我给您洗洗吧！"妈妈最终同意了。

我把妈妈的长袜脱下来，把妈妈的脚放到水里，认真地给妈妈洗脚。水凉了，我又倒了点热水，给妈妈搓起了脚。洗完了脚，我用洗脚巾把妈妈的脚擦干了，放到拖鞋里去。等我倒完水，妈妈抱住我，说："孩子，你长大了。"

请懂得感恩，别忘了对父母说一声："我爱你！"怀着一颗感恩的心，去看待社会，看待父母，看待朋友，你将会发现自己是多么快乐！

我惊奇地发现，我长大了。

（指导教师：李新军）

妈妈的爱

周逸真

母爱无处不在。

以前的我很娇气，节假日每天都是在电视机前度过。一次暑假，我们全家到外婆家住了几天。我什么都没干，吃完中饭就一屁股坐上沙发，拿着遥控器，悠然自得地看电视。不知道看了多久，妈妈走过来说：“你还准备看多久？”“再看一会儿吧。”“再看一会儿吧？你知不知道你已经看了四个小时了！你还准备看多久！不是我说你，你整天就泡在电视里……”妈妈的表情由多云直转大雨，眉毛拧到一块儿，眼睛瞪得老大，嘴里还喷出了些唾沫星子。

“好了好了，我就再看十分钟，”“十分钟也不行！”妈妈的态度很强硬，我这么一求，妈妈更来气了。我只好关了电视极不情愿地离开房间到院子去了。

突然，地上一块晶莹剔透的东西吸引了我，我跑过去一看，是块玻璃。我捡起玻璃准备好好看看，妈妈又发话了：“玩玻璃，你不怕割到手啊！”刚才妈妈没让我看电视，我已经够烦的了，现在我玩玻璃她也不许，这不是剥夺我的自由吗？我就顶了一句：“我就要玩，反正手割到了不要你负责！”

没想到就在这时，玻璃就像个不听话的孩子，东摇西荡，划破了我的手。顿时，殷红的血像小蛇一样流了出来，滴在我的衣服上、鞋子上，洁白的衣服瞬时开了朵“红花”。我被吓呆了，只感觉一阵疼痛，哇哇大哭起来。

妈妈的表情更加恐怖，好像要吃了我一样，以至于我都不敢正眼看她。“哭、哭、哭，你就知道哭，哭能解决问题吗？叫你不要玩，你偏偏要玩，这下好了，割到手了吧！”我边哭边抽泣着说：“我……我知道了，那你……你能不能给我……拿创可贴啊……”妈妈看了我一眼，那眼神传递的居然是放心不下我，转过背就大声叫：“轩轩，快点去买创可贴！”轩轩哥哥听见了，马上朝药店跑去。妈妈就轻轻地把我的手放在她的手臂上，然后用另一只手摁住伤口。妈妈摁得很重，我感到有些疼，刚想张嘴提醒她轻点，可抬头见到的却是那十分焦急的眼神。刚到嘴的话被我咽了回去。

我们坐了三分钟，妈妈却连姿势都没有变，眼中却越来越沉重。哥哥终于回来了，妈妈眼中的焦急变为了如释重负。妈妈叫哥哥快点撕一条创可贴给他，哥哥连忙撕下一条，把上面的薄膜扯掉，递给妈妈。妈妈接过，缓缓地松开摁住的手，然后立即将创可贴盖上去，我立即感到一阵疼痛，却不敢叫出来。伤口因为包得太仓促，所以很不像样，可我却觉得这比世界上的任何东西都好看。很久以后我才明白，这种感觉叫母爱。

妈妈，我爱你！

（指导教师：李茂香）

天使

吴西璐

传说，每一个孩子一出生，就会由一位天使来守护。

天使倾尽自己所有的爱，无微不至地照顾孩子：刮风下雨的时候，天使变成一把伞，让孩子躲在里面遮风避雨；寒冷的季节里，天使化作一阵暖风，包围孩子给孩子温暖；天黑时，天使又变成一盏明亮的灯为孩子送去光明。只要孩子有需要，天使就义无反顾地给予帮助。

然而对天使的守护，孩子却不以为然。他们的淘气和不懂事，常常让天使流下伤心的眼泪。可是天使不会去跟孩子计较，无论孩子犯了怎样的错误，她都会用宽容的心去包容他，去原谅他。

直到有一天，孩子长大了，不再需要天使的保护了。他们把头一扭，毫不犹豫地和天使告别，还不耐烦地告诉天使："你别跟着我来，我一个人会生活得很好。"天使把最好的东西都给孩子带上，然后目送着孩子离去，直到孩子的背影变成一个小黑点，才默默地回到自己的家里，终老一生。

孩子并非不会想念天使的好，甚至有一天，他们积极地想要报答天使，却发现天使已经不再那么年轻，那么美丽了。但是看到孩子长大了，懂事了，天使的脸上浮现出欣慰的笑容。

天使的名字叫妈妈。在天使的呵护下，每一个孩子都是世界上独一无二的珍宝。孩子在妈妈的怀抱里，贪婪地享受着天使之爱，却丝毫没有意识到，妈妈为自己奉献了青春，耗尽了生命——即使她们自己并没有怨言。

所以，每一个孩子都要善待天使一般的妈妈：用心灵去聆听、去感受那伟大的爱——这就是对母爱最好的回报！

（指导教师：方耀华）

这，就是爱

张熙宁

父母为什么在我们感冒的时候比我们还着急、还心急如焚？因为爱。

父母为什么在我们早上上学前、晚上回家前早早地准备好饭菜？因为爱。

父母为什么看到我们受伤，感觉比我们还疼痛？因为爱。

这一切的一切，都是因为爱。

父母总是在我们生病的时候，比我们还着急，大包小包的药往家里买，可这为的是什么？花了那么多钱，当然是希望我们的病快快好起来。但是看到父母自己生病的时候，我们却无能为力。我们不是医生，不会医术，不能帮父母治病。但是我们可以尽心去关怀父母。父母总是在我们早上上学前替我们准备可口的早餐、晚上放学前准备丰盛的晚餐，可这为的是什么？花了那么多时间、精力，只是为了我们能茁壮成长。可是，我们的父母为了生计、工作而吃了上餐没有下餐的时候我们又能帮父母做什么呢？我们不但可以帮父母按摩那双因为四处奔波而起茧的脚，还可以为父母做一餐或许不丰富但是却满含爱意的饭菜。父母总是在我们考砸的时候，比我们还认真仔细审阅试卷，比我们还自责。一直不停地研究错了的题目，然后再一丝不苟地教给我们，生怕一不小心就弄错。有时候当我们已经进入梦乡的时候，父母仍在台灯底下研究那道我们不懂的题。虽然我们不可能每道题都知道，但只要我们上课认真，许多问题也都可以迎刃而解，完全不需要父母为我们的学习那么费心了……

父母对我们那一丝一毫的关怀我们都看在眼里、刻在心里。而我们现在能做的只有好好学习，将来赚了钱让父母好好生活。但我们现在未必没有能力为父母分担一些劳苦——我们可以帮父母做家务。我们洗一个碗，父母就

多了洗一个碗的休息时间；我们收拾桌子，父母就多了一段收拾桌子的休息时间；我们做一餐饭，父母就至少多了三十分钟的休息时间……

这一切的一切都是什么？这，就是爱。

（指导教师：方耀华）

父母的爱

沈　适

俗话说“严父慈母”，可我们家的情况却正好相反——“严母慈父”。妈妈脾气暴躁，对我的要求几近“苛刻”，而爸爸性格温和，对我特别有耐心，是实实在在的“循循善诱”。所以，我们家经常上演的一幕是妈妈对着我暴跳如雷，而爸爸却在一旁不紧不慢地劝道：“别这样，他还小，我儿子会改正的。”

就拿洗澡这件事情来说吧。我也是十岁的人了，可每一次洗澡，爸爸总是笑嘻嘻地说：“来，我帮你洗！”说着就会很周到地帮我涂肥皂、冲水、洗头发，还外带按摩和讲故事。洗完澡，还要拿过浴巾帮我擦干净身子，甚至穿好衣服，简直就像伺候皇帝一样。这时候，如果妈妈看见了，准会大喝一声：“这怎么行？自己洗！”爸爸往往是回头一笑，笑完了还是会找机会继续“伺候”我。

但是，如果换成妈妈一个人在家里，我就玩完了，“这点小事，自己做！”完了，我得自己一个人乖乖地做以上所有的事，而且动作还得快，否则……

比如写作业这事吧。每次，只要我写作业的速度慢一点，或者书写不漂亮，妈妈就会勃然大怒，那个架势大有不拿块砖头拍死我不罢休之势。此时，爸爸便会迅速赶了过来，一边把妈妈往外推，一边为我解围：“他会改的，他写作业一向都很快的。”我便长舒一口气，但也肯定不敢再松懈了！

所以，爸爸不在家的日子，我一般都是十二分的小心，免得被妈妈教训一顿。

小的时候，我总是希望妈妈出去，爸爸在家里。现在我长大了，懂事了。我明白了，正是妈妈严厉的爱让我养成了好的习惯，使我有了今天小小的成绩；爸爸温柔的爱，让我感受到了家庭的温暖，使我有了一个快乐的童年——不管“严”或“慈”都是爱！

爱，就足够了！

（指导教师：方耀华）

动物世界

陶晨芳

我有一个温馨而快乐的家，在这个家里，到处都充满了爱，充满了欢乐——爸爸的幽默，妈妈的和蔼，加上胆小的我。

“熊猫”先生

熊猫可是国家重点保护动物啊，我们家也有“熊猫”哦。

爸爸是一位多才多艺的人，他每时每刻都离不开书，整天啃呀啃，一不小心戴上他那可爱的金丝眼镜，我们看到了，都会笑得前俯后仰，每当这时，他总会调皮地说出一句“看看我的眼镜，看看我这人，文学家风范啊”，害得我们肚子总要疼上半天。

有一天，也不知道爸爸在哪里搜寻到了一本巴金的《家》，在家里废寝忘食地读着，半夜里我们都睡了，他还在秉烛夜读，精神可嘉啊，第二天早晨，我是第一个见到爸爸的人，我大吃一惊地喊：“妈妈不好了，家里出国宝啦。”

“公鸡”女士

天大地大，比不上你的心大，你总是那么和蔼可亲，但有我永远都不能猜透的心？

她是一位勤劳的农村妇女，也是一位和蔼可亲的妈妈！

有一次，我的数学考试成绩不理想，放学回家，我就像泄了气的皮球，我知道一场暴风雨的洗礼即将来临。

当我走进家门，妈妈见到我垂头丧气的样子，笑呵呵地跑过来迎接我："我家的'小鼠妹'今天咋啦，让人给煮啦？"我把考试没考好的消息告诉了妈妈，结果，我预期的暴风雨却没有来，等来的却是妈妈细心的安慰，以及帮我分析没考好的原因。再次考试的时候，我的成绩又上升了，我笑眯眯地回到家时，妈妈又教导我"虚心使人进步，骄傲使人落后"。

我爱我的妈妈，爱她每天像公鸡一样唠叨个不停，爱她那颗我永远都不能猜透的心。

"鼠"妹

我是一个天真活泼的小女孩，唯一的缺点就是胆小，什么都怕，怕打雷怕闪电，小蚂蚁也怕，路上遇到一只虫子，我也会吓得尖叫半天。

有一次，我正在家里看书，屋里静悄悄的。突然，我在拿书时看到一只蟑螂，我吓得连连后退，边退边喊："怕！怕！……"浑身都起了鸡皮疙瘩。爸爸闻声赶来，不以为然地说："有什么好怕的！""啪"的一下，便打死了那只蟑螂。我吓得捂住眼睛半天不肯松手，爸爸对我说："好了，好了，蟑螂死了。"爸爸看着我那一副狼狈的样子，一把抱住我，刮着我的小鼻子说："我的宝宝这么胆小，以后就叫'鼠'妹得了！"

我爱我的家，一个其乐融融的家，一个完美的动物世界。

（指导教师：江道礼）

伟大的爱

仇一敏

爱是伟大的。如果世界上没有爱，世界会变得多么平淡！不信的话，听我给你讲一个母爱的故事。

故事来自汶川大地震：救援人员发现她的时候，她已经死了，是被塌下来的房子压死的。她死去的姿势很特别，整个上身向前匍匐着，双手扶着地支撑着身体。救援人员发现她已经没有了呼吸，就走了。忽然，队长意识到了什么，一边向回跑一边喊“快过来”！队长费力地把手伸向女人的身下摸索，发现在她的怀抱里有一个孩子。孩子被救出来了，因为有母亲的身体护着，所以没有受伤。随行医生给孩子检查时，下意识看了看无意中发现的手机，手机上显示着“亲爱的宝贝，如果你能活着，一定要记住我爱你”。当场看惯了生死离别的人们都忍不住留下了泪水。即使天塌下来，也有母亲给你顶着，而母亲唯一的要求就是“一定要记住我爱你”！

我的妈妈也一样爱我。很小的时候我爱哭，一放下就哭，妈妈就抱着我，不停地来回走动，胳膊腿都累疼了；我生病的时候，妈妈担心得吃不下饭，睡不着觉，我发烧不退时还悄悄地流泪；到医院检查时，妈妈会围着医生问长问短，生怕有听不明白的地方，耽误治疗。有一次我生病住院了，每个亲人都来看我，我好感动啊！

爸爸告诉我，母爱是世界上最伟大的爱，世间还有很多的爱，用语言是表达不完的。爱是相互的，只要付出一点爱，你就会得到更多的爱。人人都献出一点爱，人间永远是春天。我们生活在爱的世界，沐浴着爱的阳光，感到无比的幸福，幸福是从哪儿来的呢？幸福是从献出爱心的人们那儿来的。

爸爸说得对，要懂得感恩，才会把爱更好地传扬，懂得感恩，才会使你的朋友更多，使你和你的亲人情意更浓，使你生活得更美好。感恩是一种美好的感情，没有一颗感恩的心，孩子永远不能真正懂得孝敬父母、理解帮助他的人，更不会主动地帮助别人。

爱是伟大的，懂得感恩，才会使爱更永久，生活更美好！

（指导教师：梁英慧）

爱是信任

魏宇州

“三、四年级可是一个成绩的分水岭，你一定要抓紧啊！”唉，又来了，妈妈真唠叨，我皱着眉头，捂上耳朵，躲进自己的房间。这就是去年在我家里常出现的一幕，后来的考试成绩可想而知，当然是不咋样喽！

假期的一个下午，妈妈说：“嗨！有空吗？想聊聊吗？”“妈妈，我知道了，我这次没考好，对不起。”我惭愧地说。“不、不、不，我不是这个意思，该说对不起的是我，老师已经和我交流过了。吴老师也很关心你，老师仔细地分析了你一学期的成绩，发现期中和期末两次成绩明显低于平时成绩，而平时的成绩都很稳定，老师认为你是过于看重分数而紧张，压力太大，反而考砸了。”我愣住了，我没考好，妈妈竟然没责骂我。“每个母亲都认为自己的孩子是最棒的，最优秀的。我也是，但我却给了你太多压力，所以我该向你道歉才对。”妈妈接着说：“以后我会尊重你的学习方式，不过你也要安心学习噢。”我没做梦吧，妈妈在向我认错？我从来没想到老师会如此留意我，能这么清晰、客观地分析我每一次的分数。第一次发现原来有这么多人在关注我，我感到很激动。我一定要努力学习，回报妈妈和老师对我的信任。

果然，从这学期开始，妈妈听从我的意见，不再检查我的作业，而我却因为没人帮我把关，写作业时更加仔细，正确率不降反升。开学第一周还因此得到了三张优点单呢！其实责任不是完全来自压力，而是更多来自对自己更好更高的要求，我相信我还可以更好一些。

我明白了，爱不是嘴上说的，也不完全是物质上的给予，更多的是相互信任。我感谢我的老师，我的妈妈，是她们给了我信任。

（指导教师：张学义）

我与老妈

徐建婷

夜已深了，困意渐生的我回头看了看坐在电脑桌前专注工作的老妈，心中不禁涌上一种冲动，想来写一写我与老妈的点点滴滴。

我与老妈的关系还算不错，虽然说老妈有不少令我“胆战心惊”的地方，但总的看来，老妈也自有其可爱之处。

爱美之心，人皆有之。此话一点儿也不假。前几天我心血来潮地闹着减肥，可两天新鲜劲儿过去后，我就再也不忍心难为自己的肚子了。站在镜子前，看着两天的减肥成果，我聊以自慰地对老妈说：“老妈，快来看，我减肥效果不错吧，下颌骨都出来了。”老妈也好像听到了什么新闻，从屋里走出来，装着专家一般对我好一番“端详”，频频点头说道：“呦，经过本专家的细致研究，发现小姐您不仅下颌骨出来了，连鼻梁骨都能看出来了。据法律依据来看，属一级减肥成效。”好啊，老妈，竟敢嘲笑我，可她又弄得我一点儿脾气没有。这会儿呀，她准又是找个没人的地方窃喜去了呗！

我老妈天生属于“铁娘子”一派，有泪决不轻弹，可那一回——

老妈生日那天，我放学回家，用我“辛苦劳作”积攒的“血汗钱”为老妈买了一束康乃馨，外加一张自制的祝福卡送给了老妈。

老妈好一阵激动，连声道谢，一边说着还一边用手揉着眼睛。咦？我看到了什么？金豆！老妈的金豆！真没想到一束小小的花朵和一张小小的卡片竟使老妈如此感动！一种成就感油然而生，这才叫平凡之处见真情呢！我颇为得意地摆摆手道：“不客气！不客气！噢，对了，老妈，今天晚上吃什么呀？”“吃炒洋葱，还说呢，刚才弄了我一手的洋葱水，难受死了。”……晕，哎！我又自作多情了。

有这样一个“铁娘子”派的老妈，看来我也只能和她继续“铁”下去了。老妈，明天见吧！

（指导教师：魏嘉）

爸爸，我爱你

田 清

爸爸，我好爱你！虽然我还在摇篮里时，你就因为犯了罪，被抓进牢房里面。但我依然爱着你，我希望永远不要离开你，我要我们一家人，永远不分开。从小，别人说我是个没爸爸的小孩，我表面装着满不在乎，其实心里却非常想念你，希望你回来，回来了就不准分开。

上幼儿园时，别的小朋友都有爸爸接送，在爸爸的怀里撒娇，或者骑在爸爸的脖子上……可是我呢，每次都是奶奶接送，我多么渴望爸爸你也来接送，哪怕就一次！

我和哥哥上街买东西，哥哥叫我坐在街边等他，我看见旁边有个小女孩，坐在爸爸的膝盖上，美美地吃零食，我羡慕地想：她真幸福啊！

在我读三年级时，你寄来一个包裹，我高兴极了，抱着舍不得放下，生怕丢了似的。妈妈打开看，里面有一套裙子和两串珠子……你在信中说，那是送给我的生日礼物。妈妈泪流满面，我安慰她说："妈妈，过不了多久，爸爸就会与我们团圆了。"妈妈放下信，把我紧紧搂在怀里。

爸爸，你知道女儿的房间是怎样布置的吗？那里挂满了你的照片，都是我从小收集起来的，每一张照片都有一个故事。我想，等你回来，我一定会把我这几年怎么想你的、盼你的，全部告诉你。

我想去那里看望你，可我一坐车就晕。那一回，我呕了几次，最后终于坚持不住了，睡着了。等我醒来时，我还在车上，怎么会这么远呢？妈妈告诉我，这是在回家的路上。"不去看爸爸了吗？""我们已经看了，因为你睡着了。所以没带你进去。"爸爸，没看见我，你一定很失望吧！我非常不开心地对妈妈说："我要爸爸，我没看见爸爸！"说完就想哭，可还是忍住了。爸爸，你说女儿坚强吗？

妈妈对我说："我把你的相片给了你爸爸，把他的相片拿来了。"我顾不得晕车，急忙问妈妈：“爸爸的相片呢，在哪儿？”妈妈拿给了我，我看见爸爸了！你是那样的帅，眼神显得很平静，我不住地在心里说：这就是爸爸，这就是我的爸爸啊……我从来感受不到父爱，而现在这一刻我感受到了。

虽然你犯了罪，即使全世界的人不原谅你，我也会原谅你的！

爸爸，我爱你，你出来了之后，我想对你说一千遍一万遍我爱你，我对你的爱永远不变。因为女儿相信，你会做一个好人的。

（指导教师：张翊奇）

棋迷老爸

沈华苑

老爸浓眉大眼，圆滚滚的头，厚嘴唇下留着短短的胡子，额上的头发耷拉着，就像刘海一样。

棋有棋迷，戏有戏迷。老爸就是一个超级棋迷，只要看到哪里有人下棋，他就会两眼放光，忘记一切。

记得有一次，我和他上街，回来时看见路边有好多人围在一起，原来是个象棋摊，他这下像被施了定身法，再也迈不开脚步，立马开始了他的“打仗”生涯。

两人不相上下，旁边的人显得更热心，唾沫横飞，“快快！拱卒，飞相，跳马……”为了一步棋，围观的人还会吵几句。如果谁有一步走错了，旁边支持他的人都会跺脚，而支持另一方的人会拍手叫好。我看得有点儿腻了，叫了老爸好几次，他都不走，我只好一个人孤零零地回家。我不明白，他怎么就那么喜欢下象棋呢？

老爸在乡下上班，他的职位不高，但他一个星期最多只能回来三次，而且每次回来都很晚。我问他为什么很晚才回来，他说他在单位很忙。

我的生日快到了，老爸说到时候要回来给我买个大蛋糕。生日那天，妈妈说她要加班，我就高高兴兴地在家里等老爸，等了好久，老爸一直没回来，只好先炒了一点儿剩饭吃。后来，老爸打电话来说他也要加班，我很失望，很伤心，真想砸东西发泄。过几天我早晨起床，我发现老爸为了表达歉意，早早起床为我做了早餐，我没有怪他。

老爸觉得自己做得太过分的话，也会低头认错。有次，我做完作业后，老爸来检查，发现有几个题做错了，字写得也不太好，就批评了我，说我简单的题也不会做。他越说越冒火，打了我一巴掌，然后出门了。我哭了，心里觉得很委屈。过了一会儿，老爸来跟我道歉，叫我以后改正就好了。

老爸还是一个标准的“家庭煮夫”，在我家，做饭的事差不多让老爸给包了。他挽起袖子，进了厨房，关上门，开始煮饭，不一会儿，阵阵香味飘进客厅，让人垂涎三尺。老爸最拿手的厨艺是煮火锅，妈妈放假的时候，他就会煮火锅吃，色、香、味俱全，全家吃得很开心，所以取名“全家福”。

不过，人没有十全十美的，老爸最大的缺点就是爱喝酒。爸爸有时候会在外面喝酒，每次回家身上都有酒味，很是难闻，有时还呕吐得满地都是。

在我眼里，老爸不仅是老爸，还是老妈，我爱我的老爸。

（指导教师：张翊奇）

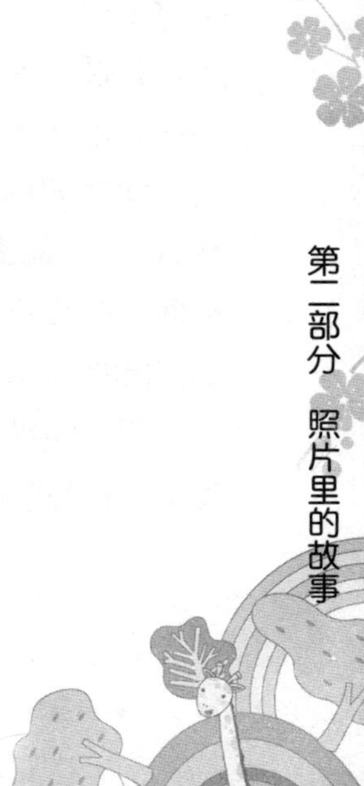

我的妈妈是“坐家”

阎高宇

我的妈妈能当“坐家”，都是我的功劳。

妈妈以前是有工作的，为了能更好地照顾我，她就辞去了工作，变成了家庭主妇，也就成了“坐家”。她无微不至地照顾我、爱护我。

妈妈很爱我，她为我做的每一件事我都记着。特别有一件事一直令我难以忘怀。

这件事发生在一年级下学期。有一天，我上完英语课准备回家。忽然，一阵大风吹来，电闪雷鸣，天上飘下几滴雨点儿，紧接着，下起了倾盆大雨。妈妈急忙脱下外套给我披上，把车筐里的一个塑料袋套在我头上，自己则顶着雨骑车往家走。

路上，我多次把塑料袋盖在妈妈头上。可是，总是被妈妈发现后就把塑料袋套在了我的头上。因为我这样，回家后，不仅妈妈成了“落汤鸡”，我的身上有一些地方也湿了。妈妈还没给自己换衣服，就先拿毛巾把我脸、头发上的雨水擦掉。给我换好衣服后，才想到了自己。第二天，妈妈就感冒了。我很心疼妈妈，可是她却对我说：她这个“坐家”最骄傲的“作品”就是我。她自己淋点雨没关系，她的“作品”可不能受损。

我曾问妈妈：“做一个只有一部‘作品’的‘坐家’值得吗？不仅不能因此成名，也不能使您的生活多姿多彩，相反，为了这个‘作品’，您失去了自己的时间，苍老了美丽的面容。”妈妈摸着我的头，轻轻地说：“谁说的，我有这么杰出的作品，骄傲还来不及呢，这是生活对我最大的奖赏，是吧，宝贝？”

听了妈妈的话，我心里默默地想，我要让自己越来越棒，要做妈妈最骄傲的“作品”；我要和妈妈一起努力，让她的“作品”光彩夺目！

（指导教师：李洁）

第三部分

你就是一首歌

我的理想
骑在未来的彩虹之上
乘着风
沐浴着阳光

我的理想是蔚蓝大海上的小小白帆
有风的日子
无风的日子
都要一无所惧、一往无前地起航

——王溪《写给班主任张老师的一封信》

最给力的老师

李青青

我们班的数学老师曾老师，算得上全校最给力的老师啦！他的经典名言是：我既是你们的老师，又是你们的朋友，还是你们的爸爸。

他是个严厉的老师。如果我们考得很差，他就会眉头一皱，眼睛一瞪，拉开大嗓门：“考得太差了，令我很不满意，你们自己也一定很不满意吧！”计算题训练是全班同学最紧张的时候，只要有同学算错，他就会厉声批评：“讲过多少遍，可你们还是错、错、错，下次一定严惩！要懂得知错就改！”他会让我们一个一个排队到面前亲自检查，不管多晚，直到所有同学全改对为止，才能回家。为此，我们班一个调皮的同学还专门写了“防曾秘籍200条”，据说后来发现没用才扔掉啦。

虽然他很严厉，但大家都很喜欢他，因为他十分幽默。“跟着我，顿顿有啤酒。”是他的口头禅。意思是说上课要认真听讲，跟着老师的教学思维，开动脑筋，找到好方法，就会提高数学成绩。

曾老师称呼我们的方式也很特别。我们班那个成绩最好的同学，因为不爱护视力，戴上了眼镜。因为她姓周，曾老师就叫她“周眼镜”，要让她注意用眼，努力把眼镜摘掉。还有一个同学，原来成绩很差，对自己很没信心。曾老师一下课就把他叫到面前，摸着他的头，亲切地叫他“小杨”，还诙谐地说：“好像有个小杨豆浆机吧？”让我们一下想起“九阳豆浆机”。从那以后，小杨同学常常满脸带着微笑，跑到办公室去找老师，很快成绩就提高了。我猜，其中一定有什么秘密。

这位让我们又爱又怕的老师，常常会在我们需要的时候及时给我们鼓励。运动会上，20×100迎面接力赛正紧张地进行着，我们班最强的跑步明星却因为冲得过猛，把棒掉在了地上，其他班的队员一下把我们甩得很远。看到大家都有一点灰心，曾老师却没有放弃，一直在旁边手舞足蹈地鼓励我们："加油！向前冲！不要放弃！"这时的他，像旁边来参观运动会的家长一样使劲儿为我们加油打气，嗓子都喊哑了！我们班每一个同学仿佛一瞬间充满了力量，不管有多累，同学们都憋足了劲儿向前冲。居然在最后关头超过了一个班，获得第二名。我们觉得没有遗憾，因为我们每一个同学还有老师都那么紧紧地团结在一起，就像一家人。这种感觉让人难忘！

曾老师陪我们度过了那么多快乐的小学时光，教给我们的不仅仅是书本上的知识。我爱我们最给力的曾老师！

（指导教师：吴勇）

你就是一首歌

郎芊紫

人真的很奇怪，固执地认为是别人的错，醒悟过来，却发现自己错得一塌糊涂，心心念念的那个别人早已不在。

毛毛老师曾经是我的音乐老师。一直相信她有一种从心底焕发的美丽，她高挑的身材，清秀的脸庞，她的歌声如水般柔软，给人一种温婉可人的感觉。

其他人不知道，在毛毛老师面前，我一直保持着拘谨。做母亲的她一定不会忘记这件事。那次放学，年幼的我挥着竹棒，在人群中不小心碰到了她女儿的脖子。我吓傻了，那时还不认识毛毛老师呢，但我能读出她眼里的责备，心里还赌着气呢。

我总是想，毛毛老师会不会对我有偏见啊，这么多年来，会不会一直记恨着我呢？现在懊悔，毛毛老师，不怪您，您也有疼惜孩子的心情，感谢您原谅我的莽撞。

记得那次排练，毛毛老师的女儿和别人闹起了别扭。我看见她安慰着那个哭泣的同学，脸垂下来，呵斥到：“不要以为你妈妈是老师就瞧不起同学！”这是我的耳朵听见的吗？毛毛老师，您在和您最亲爱的女儿说话啊。为什么听起来这么“无情”？我看着毛毛老师的眼睛，坚定的，但委实也有一丝满含母爱的期望。

去年，毛毛老师的女儿突然患上重病住院了。我听别人说，毛毛老师流了很多眼泪，一勺一勺地给女儿喂香蕉。不久，她女儿出院了，却变成另外一副模样。我们都笑着，不敢说，毛毛老师的女儿变得不像她了。毛毛老师笑容重现了，似乎很虚弱。

又是开学，又是紫薇花盛开的季节，但那个唱歌的人儿却不在了。

毛毛老师调走了，我突然觉得有什么东西失去似的，失去前的最近一句话就是毛毛老师说我长高了。长高了，多像母亲倾注在孩子身上的阳光啊。

现在才知道，毛毛老师从小被人遗弃，长得很小，就叫毛毛了。

至今，我还留恋那个教室，阳光从窗口跑进来，有一种清澈、细碎的歌声淌过心尖："清晨听到公鸡叫喔喔，推开窗门迎接晨曦到……"

突然发现，她也许就是一首歌，一首曾经在我们身边美丽的歌。

（指导教师：梦飞）

写给班主任张老师的一封信

王　溪

亲爱的张老师：

您好!

今天是您的生日，我非常用心地画了一张生日贺卡给您，上面的图案是四叶草。

您一定知道吧？四叶草是车轴草属植物（包括三叶草属和苜蓿草）的稀有变种，在西方和日本，四叶草的含义是“非常幸运、得到幸福”，所以它又被称为“幸运草”。

“获得幸运和幸福”——就是我对您的生日祝福。

然后，我再教您启动四叶草的魔法咒语：双掌合十，放在胸前，默默祈祷：

一叶带来荣誉，

一叶带来财富，

一叶带来爱情，

一叶带来健康，

四叶草啊！你拥有了这四种能力！

张老师，这些资料都是我从百度上查到的，感谢您一直以来教会我那么多课内的和课外的知识，才让我变得越来越聪明、智慧、乐观，善于观察世界、积累知识，才创造出了今天这张倾注了我全部感情和心思的贺卡。

想想您打开贺卡后吃惊、高兴、快乐的样子，我自己也先偷偷笑了。

张老师您知道吗？认识两年多了，您一直就是我学习的榜样。

每天上课，我都偷偷观察您，从您走路的姿势到说话的方式，从讲课时的手势到跟我交谈时的语调，然后悄悄地模仿学习。我发现在语文课上，您很少看课本，总是熟练地讲解课文。提问同学，一只手不时地在空中挥舞着，动作非常潇洒。当您背着身在黑板上写字的时候，我的眼睛紧紧地盯着您的手，看着一行又一行流利的板书从粉笔尖上飞奔出来，像是钢琴键盘上的美妙音符。

有时候，我把您想象成一本厚厚的大书，内容丰富，值得我一辈子细心去品读学习。

我记得您去年说过，已经教学十六年了（到现在应该是第十七年）。十七年，是一段很长很长的日子，在那些日子里，肯定有很多像我一样的小学生这样认真地跟随着您向前走吧？我不太会说感谢的话，只是觉得非常非常佩服您，无论什么问题，只要您说出答案，那就是我必须要牢记在心的“标准答案”。我随时随地都会把您说过的话挂在嘴边上，到了最后，说话时的用词、口气都变得跟您一样了。

嘻嘻，张老师，大概您不知道我心里是这么这么的尊敬您吧？

我是小孩子，不太会说话，表达不出来，只能在教师节和您生日的时候努力想送您最真诚的祝福，让您一整天都笑口常开。

不过呀，咱们学校的每个人都知道您是个整天嘻嘻哈哈的超幽默老师，就算是阴天下雨、刮风下雪、有调皮同学惹您生气的时候，一转眼，您脸上的表情就从乌云密布变成天气晴朗了。

真奇怪呀，我觉得您身上好像有一只最神奇的“情绪粉笔擦”一样，只要一秒钟，就能把坏情绪擦掉，然后继续微笑着讲课。

我永远记得咱们认识的第一天，就是三年级开学的第一天。您轻快地走进教室，走上讲台，第一句话就是：“我非常幽默，以后你们就会知道了。”

那才是三年级刚开学的时候，那时候的您，个子高高的，眼睛又大又亮，脸稍微有点胖，两边腮上还有两个大大的酒窝，讲课的时候声音又清晰又洪亮，是我最喜欢的那种老师的类型。

时间过得可真快呀，一转眼，我都陪您度过两次生日了。两年里，我见识了您全部的“幽默功夫”。

上次，舒简在数学课上偷偷吃口香糖，还把糖分给其他三个人，数学老师都快气死了，只好把您请来。您是这样说的："噢，舒简啊，你真是太小气了。你如果真有钱，就给全班同学每人买一包口香糖，大家一起吃，那才算本事。现在你看看，就知道自己吃，还要偷偷吃，就怕别人抢你的对吧？"

只一句话，舒简就像个被刺破了的皮球一样泄气了，耷拉着头，脸通红，囧得恨不得挖条缝钻到地底下去。我都笑爆了，因为您的这些话太精彩了，比《武林外传》里的台词还酷呢。我想舒简肯定一辈子都忘不了这次"吃口香糖"的经历，以后再也不敢犯错了。

您说的幽默话，我想可以用"妙语连珠"来形容，张口就来，而且都是我没听过的。

还有呀，您的表情有时候也很搞怪的，跟《武林外传》上的角色也有得一拼。

上个月，杜子谦早上没带数学书也没带语文书，然后上数学课的时候就自己一个人玩，也不跟同桌合看课本。到了您的语文课，他还是自个儿玩。当时，您就很深情很深情地凝视着他，大声感叹："太感动了！太感动了！"

哇，这句话太经典了，当时幸亏没在喝水，如果那样的话，非笑喷了不可。

当我回家在餐桌上把这件事告诉爸爸妈妈的时候，他们直接就笑瘫了。因为呀，从古至今，任何一个老师发现学生什么课本都没带的时候，绝对不会说"太感动了"这句话，而是说"我快被你小子气死了"这样的话。

张老师，您真是"太有才了"，如果小沈阳听到这一段，都肯定直接佩服得五体投地了。

张老师，我知道您这些"批评"都是善意的，是为了同学们好，因为您对工作非常负责，做的所有事情，目标只有一个，就是把我们教好，让我们成为好学生。

两年了，您每天总是早早地到教室，安排所有事情；中午放学送我们出校门；下午课前在教室里监督我们“午练”；下午再送我们出校门，直到五点多才能下班回家。一天下来，要工作十个小时，真的是非常辛苦。

我知道，您的孩子现在上三年级，您整天忙我们，连自己的孩子都管不过来，您真的是一个很好很好的老师。

我记得去年刚开学的时候，我的新书包扣带开了，好多同学帮我弄，都弄不好。最后还是您快步走过来，亲手给我扣好，然后帮我把书包背到肩上，拍着我的肩膀说：“快点去排队放学吧，我可告诉你呀，以后得多提高自己的动手能力。要不然的话，这次帮你不收费，下次就得收费呀！”

还有，班里哪个同学生病打电话请假，您都会仔细询问病情，要同学在家好好休息，另外安排人给同学送书包、送作业本、记作业。

还有，班里哪个同学有困难，您总是第一个出现，帮他解决。

还有还有……

一件件小事，就像一朵朵秋天的雏菊，灿灿烂烂地开在我的日记本和博客上，要说的话太多太多了，因为两年时间里，您教会了我太多太多。

您知道吗？我每天最开心的事就是上语文课，跟着您学习新知识，就像一个海边渔村里的孩子，在广阔无边的沙滩上捡拾着五彩璀璨的珠贝。每一天清晨，我都高高兴兴地背着书包来上学，向您鞠躬说“张老师您早”；每一天下午，我都开开心心地背着书包放学，向您说“张老师再见”。

张老师，请让我在您生日的这一天，发自内心地向您说一声：“老师，您辛苦了，谢谢您！”

您常常说：“老师，就是学生们的大朋友。从踏进45班教室的第一天直到你们毕业前的最后一天，我们之间都要真诚面对，无话不谈，老师会认真地、无私地帮助学生，所以我欢迎每一个同学跟我交流。”

我真的真的已经把您当成了最好最好的朋友，我想就算将来小学毕业了，一定还会一直牵挂着您。因为，没有您今天的教诲，就没有我的未来。我曾经写过这样的小诗——

我的理想
骑在未来的彩虹之上
乘着风
沐浴着阳光

我的理想是蔚蓝大海上的小小白帆
有风的日子
无风的日子
都要一无所惧、一往无前地起航

张老师，在我眼中，您就是彩虹、风、阳光和蔚蓝的大海，用宽广的胸怀和展开的双臂，无私地承托着我们的远航。

谢谢您，谢谢。

祝您生日快乐，天天快乐！

您的学生：王溪

2011年3月23日

（指导教师：张欣）

自从您当我的老师

方　圆

走近我们502班，在活跃气氛的掩盖下，你总能看见一个懒洋洋的身影蜷缩在角落，不被任何人注意。

是的，我平平常常，喜欢在某个被遗忘的角落，静静品味孤独，小心维护那一方属于自己的小小天地。可新学期，来了一位新的老师，活泼漂亮，在她走进教室的那一刻，我喜欢上了她。

自从她当了我的老师，我出乎意料地得到了老师的夸奖，要知道这种赞扬的话落在我身上，是我平时怎么也不敢想的。

那天同学们都在做作业，这个时间，是我最无聊的时刻，正考虑怎样打发这段时光，老师走到我身旁，抽走了我的作业本："想什么心事呢？"那只漂亮的手搭在了我肩上，赞扬的雨点落了下来："你很聪明，这些填空都答对了，说实在的，班上几个好学生，都比不上你有灵气呢！哦，还有，你是个挺有天分的孩子，昨天旁听音乐课，你唱歌多好听啊，我已将你报上去了，让你在六一节表演一个节目，愿意吗？"

那一刻我真的受宠若惊极了！听了老师的一段话，我终于开始打算自己的未来，我音色不错，以后可以当个歌唱家，或……受到表扬的那一夜，我没有睡，一直想着自己，终于发现了自己，自己也有特长、有天资、有智慧，坚信自己长大后也会成为一个有用的人。

老师，谢谢您，您就像一盏灯，让我在黑暗中了发现一线光，从而不迷失自己，用光将自己照亮。

（指导教师：刘璐）

润物细无声

庞玥坤

在这个世界上，有一种爱，就仿佛初春的雨，轻轻地悄悄地沁入你的心脾，滋养着你的生命，汇成你灵魂深处一眼永不枯竭的泉。老师的爱，就是这样的雨吧，被播撒到每个人的心田，而每一块田地都日渐丰盈，五彩缤纷。

董老师是我的语文老师，她伴着我们走过快乐的小学时光。六年来，她将爱贯穿于生活的点点滴滴，用心灵深处最为真切的情感与我们交流。她对每位同学都那样了解，会在课余耐心地解答我们内心的疑问，那眼神那口吻，像母亲，也像朋友。

去年国庆前，我想请董老师为我的演讲做指导，但因为一些琐碎的忙碌，一直没能进行。后来的时间里，连我自己都快淡忘了，而董老师却郑重地把这件事记在心上，甚至当成她自己的一项任务，认真地为我做了好多准备。记得是一个明媚的下午，有同学来传话让我到董老师的办公室。尽管我知道老师为什么叫我来，但推开门的一刹那，我还是被深深震撼了——董老师竟然找来了年级组几乎全部的语文老师和文学老师帮我修改演讲稿，听我的演讲！请来的老师们，也都没有因为我不是自己班上的学生而有所保留，纷纷将自己精辟的理解和独到的演讲技巧传授给我，对我演讲的每一个细节都给予了细致的指导，他们把最准确的读音，最得当的语调都仔细标记在我的演讲稿上，那红色的圈圈点点，分明就是一颗颗跃动的滚烫的心！从那里涌出的暖流，没有界限，没有范围，那是人世间最真、最纯的东西，在刹那间将我包围。

老师给予我的，不仅仅是对一份演讲稿的指点，她早已将一泓澄澈明净的泉注入我的心扉，滋养我的人生，取之不尽，用之不竭。它会成为一个源头，会有源源不断的爱从这里涌出，润泽天地间最美的风景。

师爱，润物细无声！

（指导教师：宋楠楠）

难忘的老师

张晋国

在我的记忆中，许多老师对我都很好。可是随着时间的推移，一些往事渐渐淡忘，但田老师的音容笑貌却越来越清晰。

虽然田老师只是一个英语老师，却能得到许多同学的喜欢。因为田老师的教学有特点，能让大家在不知不觉中学到知识，收获很多。

幽默使英语课充满了活力。田老师的课与众不同，能与生活紧密结合并且幽默不断。什么“天才是天生的蠢材”，“偶像是呕吐的对象”等另类思维让人忍俊不禁。说真的，我们谁也不愿意分散注意力，生怕一不留神，幽默和笑话就会悄悄溜走。尽管每节课的笑话只有一两句，但加上他那幽默风趣的表情和动作，就足以让同学们笑得前仰后合了。

田老师虽然是一个男老师，但却异常温柔。“温柔教育”是他重要标志，也是同学们喜欢他的另一个理由。比如有一些同学的作业没有及时完成，他绝不会像其他老师那样大发雷霆，更不会有暴力倾向。他与你面对面，那种平静，平静得让人低头，让人羞愧，就在此时，田老师那娓娓动听的话语如春风带雨，一个劲儿地融入你的心灵深处。话语中蕴含的那份关心，那份理解，那份慈爱，那份期待，真的是“随风潜入夜，润物细无声”啊！

田老师上课时，总能让我们与游戏相伴，与生活同行。听、说、读、写、唱、游、演、画、做，各类游戏层出不穷，相互紧密衔接，仿佛生活真的离不开英语，英语也不愿意与我们的生活分开。其中最让我难忘的是“句子接龙”和“竞猜游戏”，“分角色表演”更是妙趣横生，让人难忘。

怎么样？我们的田老师很好吧。也许你会说那只是我个人的感觉，但我可以大胆地告诉你，只要你有机会来我们这里，哪怕只听田老师的一节课，说不定你的感受比我更深刻！

（指导教师：王信标）

读书

肖滕龙

我最近在家里没有好好读书，结果被老师狠狠地训斥了一顿，感受很深。

那天，我做完操后回到班里上语文课，老师就叫我们读书。我心里紧张地想着：千万别点到我，昨天我可没有认真读呀！就在这时老师叫道："肖滕龙。"我慢慢地站起了身，冒着冷汗结结巴巴地读了起来，也不知道是紧张还是不会读，竟然断了好几次，这可不是一个大队委的水平啊！我恨不得马上坐下去。可是我读完没有听见老师叫我坐下，我偷偷地看着老师，老师失去了往日的笑容，板起了脸，开始批评："你要多读书，要想一想怎么样才能读好，不会的字要查字典，字典是我们最好的老师，'书读百遍，其义自现'。只有读通了，读懂了，才能知道它的意义。无论学习哪门功课，都要熟读教材，这可是基础。"这时下面同学发出叽叽喳喳的声音。我顿时面红耳赤，因为当着同学面这样挨批还是第一次，当时心里很是不服气，老师干吗这样让我下不了台，又恨自己平时不多读书，这回脸丢大了，与此同时我那不争气的眼泪如雨一样"下"起来。后来老师给我布置了一项特殊作业：每天在家里大声地朗读课文，不少于二十分钟。

从那以后，我每天按照老师的要求做，老师每天在学校还会给我单独"开小灶"，利用大课间时间辅导我一人读书，现在课堂上老师请我读完书后，同学们都异口同声夸我读得好，还给我鼓掌呢！

这件事让我明白了，不要因为老师的批评而失去信心，这可是我们敬爱的老师给我们打的"强心针"。孔子说得好：良药苦口利于病，忠言逆耳利于行。所以，我发自内心地很感谢您——张老师。

（指导教师：张学义）

老师的爱如潮水

李子怡

老师的爱如潮水流淌在了我们心中，老师像我们的妈妈，时时刻刻照顾我们。

一次我们第四节课下课，我急匆匆地走出教室，我看见坐在前面的雷鸿怿还在教室走来走去，为了不影响安保委员的工作，我好心地提醒他快点出去。

可是，雷鸿怿发火了，冲着我就破口大骂，还说我没有资格提醒他，这次我可生气了。我大声说："我好心提醒你一下，你却破口大骂，你也太不讲理了！"雷鸿怿彻底被激怒，用椅子的背狠狠地压在了我放在桌子旁边的手。

在"砰"的一声中，我的手好像已经离开了骨头一样，我愣在了那里，过了几秒后手指隐隐作痛，我连忙握住了大拇指。因为疼痛，我忍不住放声大哭起来，我的许多朋友一边安慰我一边急急忙忙去叫老师。

老师脸上露出了许多担心的神情，步子越来越快，把我和雷鸿怿一起叫到了办公室。方老师严厉地叫雷鸿怿站好，一边焦急地打开抽屉翻找着酒精和棉签。

老师轻轻按着我的手，小心翼翼地用棉签擦掉大拇指上的血迹，一边细致地问这问那，我心里好感动。但因为酒精涂得太多，伤口还是很疼，手还有点抖。老师看出了我的疼痛，还轻轻地吹了几口气。

凉凉的风掠过受伤的手指，我看见老师在端详着我的伤口，我手指旁边的皮都脱了一大块，以前指甲里面是红红的，但现在却变成了紫色，只要轻轻一按，就疼得要命。我的手抖个不停，老师的心也紧张起来，急得不停地为我吹气。我心里不禁一动："老师是多么疼爱我呀，她就像我们的妈妈，照顾我们，关心我们！"

是啊，老师的爱如潮水般流入我们的心间……

（指导教师：方耀华）

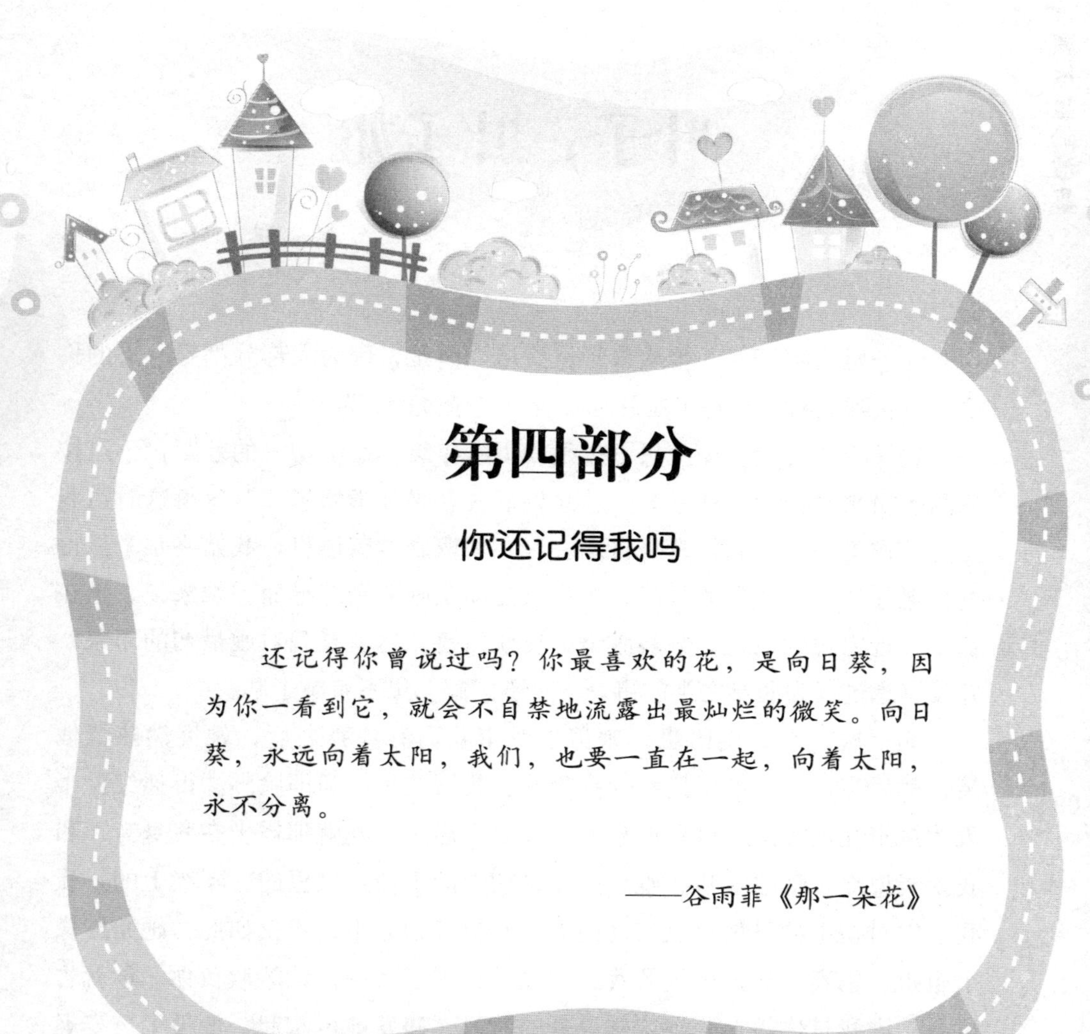

第四部分

你还记得我吗

还记得你曾说过吗？你最喜欢的花，是向日葵，因为你一看到它，就会不自禁地流露出最灿烂的微笑。向日葵，永远向着太阳，我们，也要一直在一起，向着太阳，永不分离。

——谷雨菲《那一朵花》

叶子，叶子姐

刘　琪

叶子姐，实际上，她从未听过我这样叫她，因为大部分都是一贯的称谓——直呼大号，或是半娇憨地喊着："亲爱的。"

她并不比我大多少，只不过是我上六年级，她上初一的差距，不过按她的逻辑来说："大就是大，总之以后我就是你学姐了。"每每这时，我总是故作不服："啊，真是自恋。"在新概念的英语班，我始终是个显得沉寂孤独的人，休息的时间，永远只是闷头画着画。继而，她来了。坐在那个临近窗边的位置，戴着眼镜，皮肤白皙。这就是我对她最初的印象，并没有想过成为朋友之类的事，毕竟不了解，也不希冀了解。

那一次，来到英语班，她剪了头帘儿，看到我之后，她突然热情地笑，然后走过来，摸了摸我的头帘儿。我愣住了，随即脸颊涨得通红，半天才挤出几丝笑意。过程遗忘了，只知道后来，她就那样坐在我身旁，和我谈天说地，嘻嘻哈哈。她总是在讲初中的事情，班里的，年级上的，让我心中对初中的畏惧一点点地褪去，心也开朗起来。不仅如此，她始终像个姐姐，包容着略显稚气的我。"以后你到了八中，谁敢欺负你，你就告诉我，说我是你姐。"她这样说着的时候，碎发被风吹起，像极了英姿飒爽的女侠。那一刻，我的心有着阵阵暖流涌动。

今天，我又在和叶子姐讲着上午看过的郭德纲叔叔的经典段子，她掩嘴笑着，笑得好大声。而我，歪着脑袋故作轻松，附在她耳边说着："亲爱的，唱首歌吧！"

（指导教师：薛飞）

你还记得我吗

张可欣

我长得还是很漂亮的——但在我看来，我并不是班上长得最漂亮的，从幼儿园开始，就不是。你是幼儿园最漂亮的女生，叫嘉兴，洁白的脸庞，无论冬夏都扎着黑亮的马尾。

总体来说大部分功课你不如我好，有一门课，你是全班最好的，那就是跳舞。小小年纪，就会劈叉，压腿；下软腰别人都是从地上撑起来（包括我），你把腰往后一弯就下去了；老师让我们趴在地上用脚够着后脑勺，你能把眼睛也盖住。还有钢琴，你也弹得不错，而我呢，才上了几个星期就不想学了，天天和同学们一起躲到厕所或后院以逃避钢琴课，逃避老师的目光……这两门课我都是学了半年多便不学了，而你却一直坚持着。

我不好交女生朋友（除了固定的那几个死党），我喜欢和男生一起打闹。而你在女生中有着超人气。记得在太原市形象大使比赛中，我荣幸地获得了“十佳”奖，准确地说，全班只有我一个得了“十佳”奖，其他参加比赛的同学仅仅是“优秀”。很明显，“十佳”要比“优秀”好得多，我兴奋地抱着奖杯，想要向那些得“优秀”的女生炫耀一下。可是，我突然停住了，我看到前面一群“优秀”的女生因你和她们得一样的奖而高兴。她们兴冲冲地围在你身边照相，而完全冷落了我这个得终极大奖的人。

你既是一个很文静的人，也是个很活泼的人。你不像我那样一下课就和男生打闹，你在女生中玩得很好，常常看到你和她们一起开怀大笑。上课铃一响我就站在教室门口的台阶上声嘶力竭地高喊“学前二班的回教室！”，而你早已安安静静地等待老师了。

我曾想过很多次和你交朋友，但总是没有机会。

转眼间，幼儿园毕业了，我们进入了同一所小学，我们被分到不同的班级，于是，我更没有机会了。

一晃又是五年。

五年级下学期，每个班轮流选人值周一个星期。那么巧，我是站在校门口的礼仪值周生，你也是。按顺序我班在你班前面值周，在我们即将值完的后三天里，我班要教会你班应该做什么，完成一次换班。

你也站在校门口，一抬眼便能望见你，6月的暖风拂着你的头发，依然是那么美丽动人。我曾多次走近你，却不敢开口……

只可惜，你每天都有无数次机会与我擦肩而过，却仅仅是擦肩而过。

嘉兴，你还记得我吗？

（指导教师：程玉花）

那一朵花

谷雨菲

每个人的心，都是一片绮丽的花海，其中一定有一朵，不必是最大、最香的，却可以给你留下最珍的记忆。

——《题记》

夏日的午后。

坐在草地上，贪婪地吮吸着明丽却丝毫不灼人的阳光，看着面前灿烂的向日葵田，脑海中浮现了一张比向日葵还要灿烂的笑靥。

月，是我的小学同学，也是我最好的朋友。

白白净净的脸庞，胖乎乎的，像个白馒头，让人一看就忍不住想咬一口。忽闪忽闪的大眼睛，却总是笑得眯成了一条缝。不知何时起，我们成了无话不谈的好朋友。

每天清晨，早早地来到学校，放下书包，手牵手在校园里闲逛，享受着属于我们俩的宁静、清新。下午放学，一起去帮大队辅导员做事，披着夕阳的余晖，一边吃着大队辅导员奖励的小零食，一边谈天说地。

真的觉得，这种生活真好，朴素、干净、简单，不带一丝杂质。

六年级上学期，面对择校的压力，我由开朗活泼变得有一些内向甚至让人捉摸不透。同学们的排斥、老师的不理解使我整天沉浸在烦闷、枯燥、痛苦之中，甚至几次有了自杀的念头……

如果没有你，月，我不知道自己该怎么办，甚至那个叫谷雨菲的女孩在这个世界上已不复存在。那个在我发火时胆怯又目光坚定地坐在我身边的人是你；那个在我流泪时紧张又面带痛苦地陪在我左右的人是你；那个在我处在崩溃边缘企图自杀时面带愠色却又流露出关心站在我面前训斥我的人是你！

泪，潸然滑落，在地上摔得粉身碎骨……

谢谢你，在我最孤单的时候陪伴我；谢谢你，在我最迷茫的时候点醒我；谢谢你，在我最脆弱的时候鼓励我。

还记得你曾说过吗？你最喜欢的花，是向日葵，因为你一看到它，就会不自禁地流露出最灿烂的微笑。向日葵，永远向着太阳，我们，也要一直在一起，向着太阳，永不分离。

“看到向日葵，就要想到我哦！不可以哭，要坚强地向着阳光微笑！”毕业典礼那天，你强忍着泪水这样和我说。我做到了呢，月。因为你就是我心中那朵向日葵，那朵最灿烂的花。

“月，我想你了！”阳光下，我朝着向日葵田呐喊。

（指导教师：胡帅）

一个玩具，两个故事

李泽瑞

从一个玩具中，引出了两个不同的故事，也引出了我和她短暂的友谊。

她，是个文文静静的女孩，也是个胆胆怯怯的女孩。她，是舞蹈班的神秘插班生。她从不和别人说话，休息时就躲在角落里喝水，而且总是第一个来最后一个走。但她的舞蹈却让人刮目相看。

有一天我在文具店挑选礼物，恰巧遇见她，本想和她打招呼却突然意识到还不知道她叫什么，就说了一声“嗨！”她也回应了我。我们默默地挑选礼物。我想打破沉静，就指着一个三个松鼠抱在一起的毛绒玩具说：“我们来给它编个故事吧。”“好。”她答应了。我先来，我自告奋勇：“它们是一个恩爱的三口之家。白天，妈妈在家做家务，爸爸就去别的松树上为家人寻找食物。而小松鼠呢？就快快乐乐地跟着松鼠老师去学习生存的本领。晚上一家三口就一起进入甜蜜的梦乡。”“该我了。”她神情暗淡地说：“在小松鼠小的时候，爸爸要住到西山去看风景，而妈妈呢要去东山居住，但小松鼠就愿意留在自己的家，她爱自己的家。所以每当小松鼠不听话的时候，爸爸妈妈就生气地要离开，小松鼠就只能小心地生活，做个乖乖女。”“你怎么会编这样的故事呢？”我问。“我……我……”她支支吾吾地说不出来。我才注意到我失言了，急忙转移话题问：“我过生日你来吗？下个星期六。”“嗯？好吧！”我们走出文具店分手了。

那天，我在约好的地方等她，她送给我那个毛绒玩具，她说：“我要走啦，要回老家了。”我不知所措，只好朝她尴尬一笑。我们说了一会儿话，还没来得及请她吃饭，她就急着回家了。

三只可爱的小松鼠，我最喜欢他们了。他们见证了我和“她”的友谊。一段短暂而灿烂的友谊。“一个玩具，两个故事。”

（指导教师：张成业）

风雨中

智　佳

在我们的生活中，有着许许多多的平凡人，默默无闻地做着一些小事。对于那些需要帮助的人，伸出一双手，尽一份微薄之力，是我们应该做的事。

暑假里的一天，我写完作业，来到小区的花园里，和小姐妹们一起跳皮筋，我们两人一伙玩得兴高采烈。花园里有踢毽子的、打篮球的，还有绕圈散步的人，最引人注目的是一位阿姨推着轮椅上的一位姐姐也在散步。她乌黑的头发，圆胖红润的脸庞总是带着恬静的微笑，一双水灵灵的大眼睛楚楚动人。

方才还是晴空万里，不见一丝云絮。一转眼，天色骤然暗下来，半空中一大块一大块墨灰色的云差一点擦着高楼的楼顶，不一会儿就连成了一片，像块大黑布似的遮着天空。电姐姐闪着一道道白光，像挥舞着一把把雪白的利剑。雷公公发出隆隆的响声，像在高空击鼓，又像在给人们报信，大雨将要来临了。

瞬间，花园里的人们匆匆忙忙往家跑，原来挺热闹的花园一下子安静了。我急忙收起皮筋，准备回家，我扭头一看，轮椅上的姐姐还没走。我跑过去问她为什么还不走，她着急地说："我妈妈买菜去了，一会儿才能回来。""快，我推你回家！"说时迟，那时快，我推上她就跑。她家在一号楼，还得上一个大坡，我有些力不从心了。姐姐着急地说："你不用管我了，快跑吧！一会儿就要下大雨了！"我想，姐姐现在需要帮助，我要尽自己最大的力量来帮助她。这时，风越刮越大，我使出全身的力气，咬着牙，拿肩膀顶着，双手使劲推，一步一步艰难地前行。终于上了大坡，把她送到家，累得我大口大口地喘着粗气。姐姐把感谢的话说了一遍又一遍，说得我怪不好意思的，我忙摇手不用谢。

我飞快地往家跑，黄豆大的雨点纷纷打在我的身上。刚跑进楼道口，大雨就倾盆而下，越来越密的雨点打在地上，溅起了千万朵白色的水花。衣服虽然湿了，但我心里却很高兴，因为我做了一件助人为乐的好事。

风雨中帮助残疾人，是一件很普通的事。人与人之间就需要互相关心、互相帮助，我们都要有一颗善良、厚道、仁爱的心。

（指导教师：谢金国）

珍贵的友情

何寒月

暴雨倾盆，天空好像在哭泣。

两个男孩背着书包，同撑一把伞，走在上学的路上，不知危险一步步向他们靠近。

“啪”——前面的男孩踩了空，身体迅速从桥上滑落，就在那个万分紧张的时刻，他的朋友抓住了他的手。

“救我！救我！”水中的男孩吓得惊慌失措。

“抓住我的手！快，抓住我的手！”两只手紧紧地抓在一起，一股热泪夺眶而出。水中的男孩看着朋友吃力的样子，看着无情的山洪快要冲毁的桥梁，狂风掀起一道巨浪，他在心中暗自下了决定。

“放手好吗？你要好好活着，替我走完这多彩的一生，完成你我的梦想，好吗？”说着男孩开始挣脱，泪水从眼角缓缓流出，滴在了鲜红的手腕上。

“不，你忘了吗？我们说过无论怎样，我们的友情不变！”过去的美好时光，像电影镜头一样快速闪过。

“正因为我们是朋友，你才要为我好好地活着，放手好吗？”

“不，决不！”男孩抓得更紧，泪水不由自主地流着。

“你再这样下去，我们都会死的！”水中的男孩不想连累自己的朋友，而桥上的男孩越抓越紧。

“我们的誓言你忘了吗？有福同享，有难同当。我们是朋友，不言放弃！”

水中的男孩左右摇摆，如树上的枯叶，被风吹得摇摇欲坠，却还拼命抵抗着。两个男孩的手已被磨出了血，汗水一滴一滴滑下来。

山洪如发了狂的恶龙，无情地冲击着桥梁。突然，桥梁被冲毁了！在被昏黄的洪水淹没之际，他们哭着相视喊道：“来生我们再做朋友！”

最后的时刻，他们的手依然拉在一起。

他们用生命诠释了无比珍贵的友情，这种爱惊天动地。

（指导教师：张翊奇）

我的Cute朋友

侯　翔

你知道吗？我们班有一位十分Cute的女孩，她就是十分温柔的——贾甜。

贾甜，名字如其人。对每一个人，她都会报以甜甜的微笑。一对柳叶眉下镶嵌着一双水灵灵的眼睛，高鼻梁下一张微微上翘的小嘴，那张永远充满稚气的娃娃脸上，经常出现两个小酒窝。像这样的女孩子，谁能不喜欢呢？

贾甜Cute，因为她的温柔。我有点霸气，但是贾甜与我正好相反，不管别人说什么，她都会微微一笑，像一只温柔的小猫，怎样抚摸都没关系。记得四年级时，我期末考试没考好，只考了第八名。听到这个消息，我似乎被一个晴天霹雳给镇住了，过后便是十分的沮丧。贾甜看到了我无精打采的样子，上来甜甜地一笑："怎么了？"我不知道从哪儿来的无名火，冲她大喊："我不用你管！"说着就跑回了家。

回到家以后，我的怒火渐渐平息，也对自己的行为感到阵阵难过、阵阵后悔，怎么可以这样对贾甜呢？

正想着，"丁零零……"电话铃声响起，是贾甜打来的。我开始忐忑不安，但还是接了电话，里面传来了贾甜温柔的声音："没关系，侯翔，风雨过后一定会是彩虹，不要气馁！"这温柔的声音如一股暖流，流进我的心里。贾甜，谢谢你！

想对贾甜说：

秋风落叶之时，
我和你成为了一对知心朋友。
鸟鸣花开之际，我们去郊外寻找春天的足迹，蒲公英成为我们欢笑的乐趣。

愿我们永远是无话不谈的好朋友！

愿我们的友谊天长地久！

（指导教师：高文艳）

童真的心愿

闵羽千

你还记得吗，两年前的那个夏天，我们在全民健身广场不期而遇，我们抛开了各自的家人，来到游人稀少的一处，我们仰望星空，带着童真童趣地畅想未来，那天你讲了许多话，你告诉我你要转学了。漆黑的天空繁星点点，凉爽的微风带着一丝清香，吹开了我们美好的心情。天上的星星眨巴着眼睛深情地张望着我们的友谊，一颗流星从天空中划过，绽放出一道灿烂的银光。你对我说，如果我们想见面，就对着流星许个愿吧，那样我们就能见面了。

你知道吗，自从你转学后，我就经常独自一人站在自家的阳台上，守望着天空中那颗流星的出现，你是否也同我一样，常常盼望着那道灿烂银光划破天空的瞬间。

记得一年前，我们都参加了少年宫的书法课，我们约好一起逃课，去青苑书店看书，我们并排坐在一起，沉浸在安徒生的童话故事里，尽情地品尝着故事里的乐趣。不知过了多久，也不知什么缘故，你妈妈的出现打断了我们的阅读。记得你离开书店的时候，一直回过头来深情地望着我，稚嫩的脸上带着一丝惆怅，几颗晶莹的泪珠从你乌亮的眸子里滑落下来。我不知道怎么回的家，回家后妈妈责怪我害她在少年宫里找了许久。我任凭妈妈责骂，一声不响地默默承受着。在我看来，这种责骂只是我们在一起幸福时光的最好代价。

今天晚上，和往常一样，我独自一人来到阳台上，仰望着天空，今天的天空格外明朗，星星一颗颗静静地挂在天上。夜空的寂寥再一次让我想起了一些往事。那是今年大年初三的晚上，我家的电话突然响起，是你妈妈打来的，你妈妈说要带你来我家玩，我妈妈爽快地答应了。我得知你要来同我一起玩耍，高兴得手舞足蹈，我拿出各种玩具还有许多好看的书，

等待着你的到来，可那天晚上你没有来。也许，你妈妈经过再三斟酌，觉得冒冒失失地来我家不妥。那天我一晚都没有睡着。

想到这里，我仰望天空叹了一口长气，这时，天空中奇迹般划过一颗流星，我乘着灿烂银光划破天空的瞬间，对着流星按你说的许下了我们的心愿，但愿在不久的一天，我们两个儿时的同窗好友可以实现这个心愿，能天天在一起，不分开。

（指导教师：莫杰）

我的好朋友

天地方

我有一个好朋友。他有一张方方正正的脸，头上的黑发常常剪得很短，活想一个小刺猬。他个子虽说不算高，相貌平平常常，不属于英俊的一类。但是，俗语云：人不可貌相，海水不可斗量嘛。尽管他相貌平常，可他喜欢看课外书，上至天文，下至地理，尤其对历史方面的书籍情有独钟，人称“小历史学家”。

他是谁？他就是我的好朋友——叶轩宇。

记得有一次，我在书柜里找出了一本《中国历史年表》。我的目光停留在周武则天的那些年号上，浏览到第八个年号时，我发现竟然是万岁通，天元年。当时，我心里像吃了蜜糖一样甜。你知道为什么吗？因为我的名字也是天元！

第二天，我满面春风拿着书去找叶轩宇。我把书藏在背后，笑嘻嘻地问他：“小历史学家，你猜中国哪位皇帝年号与我的名字相同？”

他用手托住下巴，黑溜溜的眼珠转了几转：“让我想一想。”

“汉武帝？”

“不是！”

“宋太祖？”

“不是！”

他答了几个都答不对，大失水准。我估计他一时半会儿也答不出来，正想张嘴说出答案。这时，他一口答出：“武则天！”我一听到这期盼已久的答案，立刻把藏在背后的书拿出来，翻开那激动人心的一页，心里甜滋滋的，心想：“叶轩宇一定替我感到高兴。”可他看了一会，脸立刻沉了下来：“不对！你看，上面都是什么元年，如此类推，并不是你说的万岁通，天元年，而是万岁通天，元年。”我用质疑的眼光瞄了一下书，果

真白纸黑字写着“万岁通天，元年”。我恍然大悟，我真是粗心大意，稍有点历史常识的人都知道，我犯了这么低级的错误，真幸亏这位好朋友指出了我的错误。如果我把这个“重大消息”到处宣扬，还不让人笑掉大牙。

看着他汗津津的小脸，我不由想起一句俗语：“结交须胜己，似我不如无。”

（指导教师：邱晓芳）

第五部分

站在彩虹上

爸爸给我一兜冬枣，
我偷偷地藏起一颗，
你别问为什么。

妈妈给我穿花裙子，
我一定会很爱惜，
你别问为什么。

我要把冬枣送给她吃，
把花裙子给她去参加舞会，
你想知道她是谁吗？
请问一声格林兄弟，
她就是可怜的灰姑娘。

——陶欣雨《给灰姑娘》

我要在春天开一扇窗

夕 夕

我要在春天开一扇窗
让坐在轮椅上的盲童
也能看到泉水边盛开的花
闻到飘浮在空气里的香
还要送一本描述春天的诗集给他
让他阴郁的心底
照进春天的阳光

我要在春天开一扇窗
给那些养老院的爷爷奶奶
让丁香花开
牡丹花开
蔷薇花开
让他们的眼睛和心灵
重新回味年轻时的模样

我要在春天开一扇窗
给早起的、弓着腰扫地的清洁工们
让他们在抬头擦汗的时候
记得微笑一下
舒展疲倦的身体
欣慰地向未来眺望

我要在春天开一扇窗
给所有教室里的孩子
给所有讲台上的老师
给行走在路上的父母
也给
大炮隆隆声里的人们
希望
他们一直憧憬
憧憬
他们看到希望

（指导教师：敏思）

站在彩虹上

肖一笑

拽住随风摇曳的
蒲公英
飘到彩虹上
看看我的家

雾慢慢散开的时候
我终于看清我的家
我看见了书桌上的音乐盒
一个个小盒子
装满了我的爱

拽住随风的落叶
回到了我的家

（指导教师：苏媛媛）

校园旁边的成长园

邓子龙

校园旁边的成长园，
我们的脚步常常光临。
我们喜欢在园子里静静地倾听，
倾听那神秘而又有趣的声音——
我们听小虫轻轻咀嚼树叶，
我们听蝴蝶扇动翅膀的风声，
我们看树叶努力地生长，
我们看蚂蚁勇敢地攀登。

我喜欢在园子里寻找素材，
你喜欢在园子里观赏风景，
你喜欢我那充满生机的作文，
我喜欢你观景时的宁静。
我们常常在园子里快乐地嬉戏，
为童年抹上多彩的颜色，
我们常常在林子里练跑，
让心脏跳得更加有力。

校园旁边的成长园，
每一条路每一块石子饱含甜蜜，
那里有我们跑步的汗珠，
即使明天长大成人，
也不会失去那种晶莹。

（指导教师：李茂香）

爱是什么

高子涵

爱是什么？
爱是一碗浓浓的鸡汤，
香香的，是人世间最美味的汤。
爱就在这里。

爱是什么？
爱是失败时一句鼓励的话，
暖暖的像一个温暖的怀抱
爱就在这里

爱是什么？
爱是朋友一句最真实的祝福语，
纯洁得像一朵刚刚绽放的雪莲花，
爱就在这里。

爱是什么？
爱是妈妈听见宝宝第一声嘹亮的哭声，
幸福，是世间最悦耳的声音。
爱就在这里。

我是幸福的，因为我爱，因为我有爱。

（指导教师：马艳萍）

爱

王乾芊

烈日当空
大树用自己的凉棚
让小树感到
清爽凉快
爱
其实很简单

大雨袭来
叶子紧紧合拢
即使自己被打落
也要让花开得
永远美丽
爱
其实很简单

只要你善于观察
善于发现
就会知道世上到处充满爱
爱
其实很简单

（指导教师：马艳萍）

爱您在心口难开

聂欣悦

母 爱

一首萦绕在儿女心中永不停歇的歌，
一眼流淌在儿女心中永不枯竭的泉，
一轮在儿女心中永远倾淌清辉的明月。

可我不知道

什么时候才能像百转千回的百灵鸟唱出对您魂牵梦萦的依恋，
什么时候才能像温柔婆娑的清风抹平您满额的皱纹。

您可曾记得那次争吵？
我任性地冲出家门，不顾您的牵挂、您的忧心。
夜，越来越黑；
雨，越来越大。
我如同风雨中飘摇的小舟，找不到温馨的港湾，找不到回家的路。

这时，一个熟悉的身影映入眼帘，
是您吗？真的是您吗？
瘦弱的身影，焦急的面孔，满鬓的白发……
是惊是喜，是温暖是愧疚，百感交集。

我多想冲进您的怀里，说一千句一万句：对不起！我爱您！
然而，我笨拙的双唇始终紧闭着，
爱您在心口难开。

（指导教师：毛辉霞　杜群）

爱无边

张 可

世界上有许许多多的爱：
爱是五彩缤纷的，
爱是无私奉献的，
爱是慈祥温顺的。
大自然的爱是美妙绝伦的：
它给予我们新鲜的空气，
它赋予我们童话般的森林，
它安排了动物们温暖的小窝。
父母的爱是细腻而伟大的：
雨下共伞时，我在伞内，而妈妈却在伞外；
观看烟花时，爸爸站着，而我却坐在爸爸厚实的肩膀上。
与同学发生矛盾时，爸妈教育我，要向大海一样拥有宽广的胸怀。
我们人类大爱无疆。
洪水奔来，我们勇往直前，劈波斩浪。
冰灾侵来，我们众志成城。
地震袭来，我们心连心，手挽手，齐心协力。
啊！爱无处不在呀！
爱就是点点滴滴，
爱就在你我身边。

（指导教师：易彩辉）

我想念秋天

姚　悦

秋天悄悄地走了，
我想念它。
想念那林间飞舞的落叶，
想念那校园醉人的桂香，
想念那金色一片的田野，
想念那果园里，
红通通的苹果，
黄澄澄的梨儿……
于是我提起笔，
写下对秋的怀念。

（指导教师：刘平友）

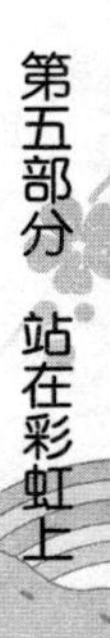

爸爸

齐　静

我喜欢爸爸的双手，
在我上学时，
是他手把手地指导我写字，
直到我会写了，写漂亮了，
才肯放手。

我深爱爸爸的肩膀，
在我生病时，
是他无怨言地背我看医生，
直到我的烧退了，体温正常了，
才肯休息。

我敬佩爸爸的双眼，
在我萎靡时，
是他很真诚地叫我面对困难，
直到我精神足了，办法有了，
才肯微笑。

我赞美爸爸，
每时每刻，
陪伴着我，
把快乐当成花儿，
永远地送给我。

（指导教师：刘平友）

给灰姑娘

陶欣雨

爸爸给我一兜冬枣，
我偷偷地藏起一颗，
你别问为什么。

妈妈给我穿花裙子，
我一定会很爱惜，
你别问为什么。

我要把冬枣送给她吃，
把花裙子给她去参加舞会，
你想知道她是谁吗？
请问一声格林兄弟，
她就是可怜的灰姑娘。

（指导教师：刘平友）

妈 妈

周世前

童年的时候，
妈妈对我说，
天上的星星千颗万颗，
有一颗就是我。
啊！
我是星星，星星是我，
那妈妈，
您是什么？

妈妈笑了，
温暖地看着我。
我明白了，
如果我是星星，
妈妈，您一定就是陪伴着我的月亮。

（指导教师：刘平友）

颂　冬

戚依铭

种子，破土前
要听够美妙的歌声
种子，萌发前
要经历寒雪浸润的考验
当阳光回温大地
我们，将以诗魂
雕琢热烈的暖春
此刻，且按捺下
血脉里狂奔的热情
以雪筑歌
轻诵种子希望的心
以雪作酒
再一次醉于红尘的翻滚
而此夜
忧伤依然
不及躲闪
那株百合的泪
或许是寂夜里
一滴无辜而纯洁的悲
我愿，以床头微茫的灯光
温馨你
驱除你的孤寂苍凉

（指导教师：叶立华）

河　流

罗秀秀

雨像一颗颗珠子
天空撒珍珠到河里
河就像一串长长的链子
水草欢乐地扭动腰肢

雨后天上出现了彩虹
倒映在河里
鱼儿们以为是五彩的桥
纷纷往上面跳
那水花纷纷溅起
花草就越来越鲜艳了

生命是美好的
也非常珍贵
就像那点点浪花

（指导教师：张翊奇）

我的梦想

高 宇

我想变成一对翅膀
让想飞的人
都像快乐的天使
在天空自由自在地飞翔

我想变成一双眼睛
让盲人感受人间的精彩
流着眼泪
抚摸太阳的光芒

我想变成一副金嗓
让聋哑的儿童
拥有甜美的声音
能够尽情地歌唱

我想变成一片花瓣
悄悄地站在枝头
眺望着
春天那美丽的脸庞

（指导教师：张翊奇）

小 溪

安 芬

一条长长的小溪
从山里流来
两岸的小草轻轻飘动
我站在岸上
看鱼儿游泳
听溪水弹琴
太阳照在水面上
金光闪闪
像一面镜子
柳树弯下腰
照着镜子在梳妆
一只小鸟飞来
站在树枝上吱吱地叫
一片叶子落在水面上
被溪水冲走了
生活是多么美好
像这溪水的歌
永远也唱不完

（指导教师：张翊奇）

第六部分

此情无计可消除

不需要跌宕起伏的故事，不需要绚烂的传说，只是安静地听着，心里就会洋溢开莫名的感觉。音符串成一浪浪碧波，轻轻涤荡掉所有尘世的烦恼，在心里晕染出天空圣洁的图腾。

——马睿真真《表妹的音乐盒》

三生有幸遇到你

方 方

当一个个故事被自己的指间掀动时，当感动的春风化成记忆的泪珠时，我开始翻开你，倾听名人们对生活的思考，对生命真谛的探究……

——题记

记得名人说过，生活再有意义，也不过那么两大享受：一是在茶的幽芳中，静观天地与人间，感受人以及自然的美与和谐；二便是手捧着你，慢慢地咬一口水果，尽情地让那香甜的果汁渗入幽雅的墨香，品味你的味道。

书，如果你有情谊的话，你一定不会忘记我与你的相逢，尤其是那三次——

第一次遇到你时，也许你嫌我还太小，有些不屑于理睬我，只给了我一本《西游记》，可你知道吗？正是这本厚厚的书积攒了我所有的想象和梦幻。每晚，妈妈扭亮那盏精致的小台灯，静静地给我读那些神奇的故事，那是我最幸福的时刻。米色的清雅灯光萦绕着我，我的思绪随书香飘逸。真的要感谢你，我为何那么幸运呢？当年你丢给我的那本《西游记》，我至今都认为那是最好看的《西游记》，有时我童心未泯，随手翻开弟弟的绘图版《西游记》，插图倒是挺好看，内容却只有空虚的一点点，因此，每每看到自己那本珍藏着的破烂不堪的《西游记》，心中总是荡漾起阵阵的温暖。

第二次遇到你时，你友好地给了我一大堆的童话故事书，我痴迷得不能自拔，真希望自己能永远当个躺在书堆里的“书虫”，那时的我，在童话中看懂了人间的真、善、美，在幻想中，梦已变得飘飘然然：我喜欢做一只丑小鸭，在奚落与嘲笑中看清自己，感受成为天鹅的快乐；我也乐意当上帝的安琪儿，为人们筑造一个没有疾病、没有忧伤、与世无争的世外桃源；当然我也喜欢灰姑娘，喜欢她的善良，喜欢她的纯朴与烂漫；喜欢白雪公主，喜欢她的天真与可爱；喜欢美人鱼，喜欢她的善良与美丽……现在要是遇到什么不顺心的事，我总会去翻阅这些儿时百读不厌的经典童话。重返童话世界的我，再一次感受到了善良战胜邪恶的美好结局，在这种飘渺而又神秘的意境中，昔日的笑容重漾在我的心间。

第三次遇到你，也就是现在。我们已经成为莫逆之交，你客气地送我一大摞文学作品。如今学业的压力并没有影响我对你的酷爱。我并没有太刻意地学写作文，但值得高兴的是，我在你的熏陶下，作文成绩逐日提高，我一直都坚信，你是我最好的老师，也是我一生的朋友。回想和你在一起的感觉：捧读《三毛作品集》我泪流满面：守望的天使嘿，你们是“隐身的天使，当年只记得你是烦恼的，直到自己也成了那样的天使，才想起父母就是天使，这种天使很苦，在他们看来却十分幸福，明白时，已经晚了”；也读贾平凹《孤独地走向未来》，在深奥的文字中，我迷迷糊糊地看到卧虎的逼真，引得我心惊胆战，小桃树的坚持又使我无比敬佩；品读于丹论《论语》，在浩瀚的文字世界中体会大哲学家孔子的智慧；当然，我也迷恋李元胜先生的《昆虫之美》，尽情畅游于美的世界，惊叹昆虫的精妙绝伦；卜劳恩的《父与子》更是我的枕边书，每天晚上，我总要翻开它，那没有文字的书，使我笑得喘不过气来，笑过之后，我便会对你说——有你相伴，每天都是充满幻想与欢笑的。

书啊，三生有幸遇到你，我真不想醒来，想永远在你的怀中酣睡、酣睡……

（指导教师：冯勉）

表妹的音乐盒

马睿真真

雪花，纷纷扬扬。一片静谧的银白中，一袭素长衣如水，一柄油纸伞似樱。踽踽独行中，是谁，抬眸，回首？

音符恬静地淌进记忆的长河，慢慢明朗的感觉让泪水不能自主。声音渐渐弱去，我轻轻托起音乐盒，却没有再上发条，只是静静地看着窗外的天空。

多好听的名字——《天空之城》。

就像天空一样的歌呢！清澈，透明，干干净净，带着淡淡的感伤。优美是不能用来形容它的，那样晶莹剔透的晴朗，不带半点雍容，却瞬间就能给人最深的感动。

音乐盒，是表妹送我的十二岁生日礼物。一拆开，首先就被那样精致的外表迷住。再拧上发条一听，刹那就感觉心像是被洗过，也如天空一样，把痛苦和仇恨深深埋葬，只是浅浅地微笑，学会坚强。

流云之上，骑着阳光，安静地飞翔。彩虹，一缕缕地把晴空连成天堂。天空之城里，绽放开流萤般的烟火，一洗城市的喧嚣与繁忙，身体和心一起流连在时间之外，打开一个个缤纷的梦乡。

每次听这首歌时，心里都漾开浅浅地感动。音乐像是华丽的流光，治愈了所有的伤痛。心，就像是站在碧空下，接受着阳光的洗礼。天地对万物一视同仁，不分种族，不分外貌，不分身份，不分地位，而世间一切，皆沐浴阳光，在阳光中湮灭或诞生，微笑或流泪，痛苦或坚强。

不管多愤怒、多伤心、多痛苦的时候，一听到熟悉的旋律响起，霎时就冷静下来。在苍穹中，世事纷繁，人海苍茫，一个人微小的欢乐与悲伤，不过是沧海一粟，又算什么呢？又会有多少人知道或在乎呢？

不再在乎嘲笑，不再在乎挫折，不再会为了小小的失败流泪，不再会为了小小的损失悲伤，心渐渐辽阔起来。“吾所以有大患者，为吾有身。及吾无身，吾有何患……”突然想起《道德经》中的这段话，嘴角于是滑起心有灵犀的快乐。

不需要跌宕起伏的故事，不需要绚烂的传说，只是安静地听着，心里就会洋溢开莫名的感觉。音符串成一浪浪碧波，轻轻涤荡掉所有尘世的烦恼，在心里晕染出天空圣洁的图腾。

感谢表妹送给我这样一个仿若天赐的礼物，让我学会像天空一样活着。感谢《天空之城》的每一个音符，让我明白生命的每一瞬悲欢离合。

静静流淌的乐声中，我的视线穿越时空，看见彩虹之上，安静矗立的，那座幻城。

（指导教师：刘莉莉）

此情无计可消除

庞玥坤

谈到书，心底总会冒出一个声音“此情无计可消除”。是呵，在生命中，与书结下的缘分，对书的情谊，恐怕真的是才下眉头，却上心头了。

我爱书成癖，其中不乏家庭的熏陶。这样说吧，我与父母的最大共同爱好就是读书了。在我很小的时候，父母就开始为我挑选书籍了。最初只是那些带插图的，配一小段文字的幼儿书，渐渐就换成了有些简单知识的图书，再长大些就带我去图书馆了。这些学前知识给我带来很大的益处。以至于五岁上学前班时，老师教的知识我全都会。在这期间，家人为我买了《唐诗三百首》，这本书真正开启了我对中国古典文学的热爱，我如获至宝，好长时间书不离手，直至将所有的诗背得滚瓜烂熟。也就是从这时起，我便与书结下不解之缘。学前班我只待了半学期，就直接上了一年级。我喜欢上学，尤其喜欢语文课，那其中包含着点小小的虚荣心，因为每次上课，课文有好多篇都是我曾经读过的，要求会读的生字，我几乎都会写。于是我受到老师的大大褒奖，还当上了学习委员。这可都是书的功劳。

上了二年级，我便不再满足于小小的书屋，开始去书店为自己选择喜爱的书籍。我分明看到，知识宝库向我敞开大门，我如饥似渴地投身于这里，买了大量的经典名著。后来，老师开始让我们写日记，我的才能渐渐展露了出来，各种优美的词语句子蜂拥而来，我的文章得到老师的青睐。我知道，不是我有多么聪明，这一切都来源于书的帮助。

莎翁说：书是全世界的营养品。从一年级开始，每个假期，我都会腾出大把时间来读书，汲取营养。书让我心醉，所有的文字汇成一眼甘泉，流入我渴望知识的心田。书是良师，也是益友，他们展现了全人类的智慧，使人类跨上了一个个阶梯，也使我们变得更加聪慧。

现在的我，也能算得上一个“书财万贯”的小“富翁”了。书，给了我快乐，给了我思想，给了我智慧，给了我动力，我和书之间，有着剪不断的深情，此情无计可消除！

（指导教师：范颖颖）

神仙豆腐

安正军

我的故乡有一种神奇的树，它叫斑鸠占。它长得不是很高，树干像拇指一样粗，叶子是青绿色的。

它的叶子上面有一层毛，不易发现，如果你用手去抚摸，软软的，毛茸茸的。我小时候不知道它有什么用，常常顽皮地用棍子打得满地都是残枝碎叶。那叶子散发出的气味，真是难闻。

外婆看见了，就说："你为什么把那神仙树的叶子打下来呢？"

外婆说这树也叫神仙豆腐柴，叶子可以做成豆腐。我问："那叶子真的可以做成豆腐吗？"外婆说："你不信，我今天就做给你尝尝看。"

外婆开始动手了，她先把叶子摘下来，摘了满满一大筐，拿回去用清水冲洗干净。

然后，另拿一个盆子，把叶子放进盆里，使劲搓揉，挤出叶子里面的汁液。把水捏出来的时候，那一股气味真难闻，外婆呢，却像不知道似的。捏了老半天，那水全部被捏出来了，盆子里的水绿绿的，浓浓的。

外婆把那捏干的叶子丢掉，我问外婆，不是要拿叶子做豆腐吗？外婆笑着点点头。她去屋檐下拿来一把干茅草，用火柴点燃烧着了，装了大半碗烧剩的白灰，又掺进清水。过了一会儿，她把澄清的水倒进刚才的树汁里。然后，她如释重负地说做好了，我连忙跑过去看，哪里有豆腐啊？

外婆说："还要等半个多小时。"我就在那里走来走去，终于，时间到了，啊！那神奇的汁水真的变成豆腐了！难怪这叫做神仙豆腐啊。只见那豆腐如嫩绿的玉石，特别诱人。

外婆摸摸我的头，说："想吃吗？"我点了点头。外婆去灶孔的热灰里，炮了一些煳辣椒，用手搓碎，放了芫荽、蒜瓣、酱油等调料。然后，她帮我切了一大块神仙豆腐，帮我放些煳辣椒。我迫不及待地夹起一块，放进嘴里，哧溜一下就吞下了肚。就像果冻一样，吃起来是那样的软滑，有一种特殊的香气，更妙的是，吃过以后，全身都觉得特别清爽……

我现在还对那滋味念念不忘，对了，朋友，你也想来品尝这奇特的神仙豆腐吗？

（指导教师：张翊奇）

读书乐在其中

任依漪

读书使人灵秀聪慧，读书令人知书达礼。遨游书海，与大师对话，为精神打底；呼吸书香，与经典为友，为人生奠基。所以我很愿意和书交朋友，我和书之间还发生过有趣的事呢！

有一次，妈妈叫我去洗碗，我还在那津津有味地看着一本课外书，嘴上说："好，马上就来。"可是自己还在那儿全神贯注地看书，因为我已经被这个故事吸引住了。这时妈妈走过来拍了拍我的肩膀，我被吓了一大跳，因为当时看得太入迷了，也不知道妈妈是什么时候进来的，所以被吓到。妈妈看我还是一动不动，于是就拿出她的"绝招"狮子吼："还——不——快—去！"妈妈的声音不但拖得很长，还很大声。

因为我怕老妈再次发出"狮子吼"把整栋楼的人给惊倒，所以我就乖乖地洗碗去了。可是我手中的那本书始终没舍得放下，我正要开始洗时，突然书中的一篇悬疑故事又吸引住了我，于是我左手拿着书，右手拿着抹布心不在焉地洗起来。过了一会儿，老妈不知又从哪儿冒出来，大声一叫："你——在——干——吗！"我的心跳再一次加快，估计整栋楼的人都听见妈妈的叫声了，我顿时觉得地板似乎就要裂开……我还没明白咋回事时，老妈指了指碗，我低头一看，不由自主地叫出来："啊！"原来我用擦地板的抹布在洗碗。妈妈说："你喜欢看书我不反对，但做事的时候就应该认认真真地做，不能一心两用……"虽然被老妈训了一顿，但是我还是很开心哦，因为我和我的好朋友——书之间又多了一件趣事。

在成长的路上，书犹如我的向导，带领我进入另一个世界，书，让我如痴如醉，让我打开知识的宝库。书，是一首歌，激越高亢，催人奋进；书，是一幅画，五彩缤纷，赏心悦目；书，是颗水滴，清凉透心，晶莹剔透。所以我爱书，更爱读书！

（指导教师：陈晶晶）

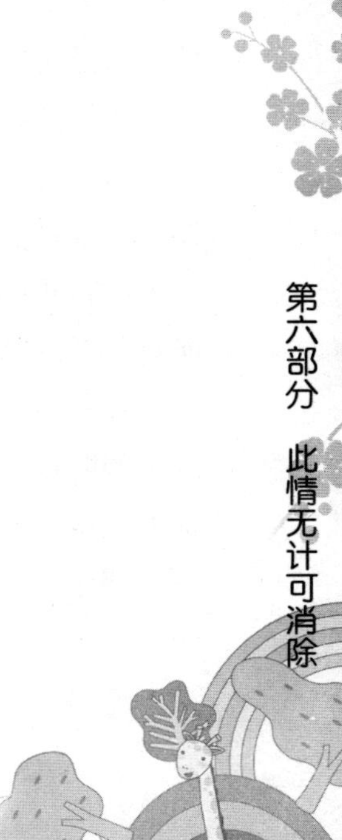

一池荷花的记忆

吴静怡

夏日。

烈日的烧灼下，一池的荷花在绿叶的衬托下清雅地开着，不顾烈日投下来的炙热，依然端庄。它们的背景，是几幢古色古香的建筑，雅致地还原了不知多少年前的古代荷花池风情。

已经是3月了，荷花池里又要出现一片片新芽了。正当我满心期待地盼望着又一场“荷花美景”的熏陶时，却发现了这样的变故……

一天早上，我正在上学的途中，无意瞥了一眼荷花池，却发现古色古香的建筑不知何时已被拆成了一堆废墟，取而代之的是一大块一大块白色的“墙体”作为背景。白色墙体后，几台大机器正在运转着。黄色的铲头时不时翘出白色的墙头。

我大骇，立即问妈妈这是怎么一回事。妈妈惋惜地说：“像这样一幢有着浓厚人文气息的建筑就这样销声匿迹了，无声无息地在一夜间就变成了废墟，真是可惜啊！也不知道是怎么规划的？”语气中带着难以名状的味道，让我听了隐隐不舒服起来。

惋惜之余，脑子里不由自主地想起一句话：不要为失去的时光惋惜，而要对曾经拥有的过去心存感激。这句话不假。今年，一池荷花的背景就不再是古色古香的建筑。一切还是随缘吧，当我们看见新的荷花池背景之后，还能对曾经的荷花池背景留有一丝回忆。

我们的一生，有太多太多值得回忆的地方。有一天，当我们已经七老八十的时候，在一个晚上做一个很长很长的梦，梦见自己从出生到那时的一幕幕值得回忆的片段，像放电影一样掠过脑海，终会死而无憾。

明年，这一池荷花的背景，会是什么样的呢？

（指导教师：郝美）

榆 钱

月光城

榆钱，是榆树结出的果，听人说，因状如铜钱，挂满枝头，故得美名曰榆钱。于是，榆树也得一别名——摇钱树。只可惜，我这个城里长大的孩子，却从小没有见过榆钱，就算它就在我眼前，我也不识。

榆钱长在春季，我一直很想见识一下，起初根本没有要品尝的奢望。谁知一天中午妈妈下班回来，竟然在路上见到榆钱，并捋回一把，告诉我这便是榆钱。我欣喜万分，急忙拿来洗净，放在小碟中细细端详。这榆钱，果然生得一副好模样：通身翠绿，正中间，鼓出一颗小圆点，我剥开一看，是种子。这样子，这形状，活脱脱就是一枚铜钱。摘一片儿榆钱放在嘴里，有一丝甘甜，清清淡淡但绝不无味。我喜欢上了这种东西，就请妈妈再多摘一些来。晚上，妈妈递给我的，竟是满满一大包。我惊喜不已，用清水泡着，动员妈妈为我做榆钱饭。听说这榆钱有许多功效，既可清热化痰，又可健脾消肿，便知这是当今难得的好东西。晚饭，妈妈为我做了“榆钱全席”，一碟清拌榆钱，一盘榆钱煎饼，一锅榆钱稀饭，吃得好是痛快。是什么树能结出这般花果？第二天，我便要妈妈带我去看榆树。

这树真是漂亮，不知是被动还是主动，根枝低低盘绕树干，很是好看。而这根，却又是天然从底部分开，似一棵，却非一棵，别有一番情调。此时，正是艳阳高照的时候，束束阳光投向榆树，叶子将它们分成小块，剩下的影子，便是斑斑驳驳，如块块金片撒落树下。而那串串“铜钱”和些许嫩叶压得枝儿轻轻颤动，但并不给人沉重的感觉，反而轻盈飘逸。待微风轻轻从树的缝隙穿过，就会有几缕清新的香气飘来，令人陶醉。树枝稍弯的地方，形成一个弧度，被碧绿的榆钱点缀着，装扮着，像极了婀娜的少女。

这榆钱，这榆树，真可谓：树影摇绿，摇出满目春！

（指导教师：晴儿）

成长回眸

董雨晴

回顾走过的树林，我独恋枫叶最红；回眸成长的足迹，我不忘毅者无疆的坚强。

七岁时，我爱看《西游记》，而孙悟空便是我的偶像。纵然可以千变万化，也要忍受五指山下的嘲讽，一压就是五百年，忍受风吹雨打，谁能顶天立地，坚强被一只猴神化得如此悲壮，这便是开始。即使寂寞也精彩，大丈夫能屈能伸，猴哥，就应该这样。

十岁时，我迷上《三国演义》，原先只是喜欢打打杀杀，敬佩关羽而怨恨曹操。那一夜，考试失利后难眠的一夜，心头一触，原来曹操也是英雄。这位大将军在宛城丧子折兵后痛定思痛；这位魏王在割须弃袍后巧施反间计，连遭挫折却始终不忘统一天下的抱负。不像刘备，被火烧七百里联营，烧了白帝城后一病不起；不像孙权，夺取荆州，守着父兄的基业就面南称帝。曹操把坚强演绎到顶峰，“老骥伏枥，志在千里。烈士暮年，壮心不已”，曹公的诗好不令人痛快！

那一夜，我醒了，困难打不败，挫折打不倒，我学会了坚强。

渐渐地长大了，我却孤傲了，是《名人传》改变了我的浮浅。他们都有伟大的成就，而他们也都是磨难造就的人，他们在漫漫黑夜中摸索前进，而坚强是他们心中的航标，即使看不到光明，他们却将坚强表现得淋漓尽致。贝多芬在双目失明后继续创作乐曲，坚强是他音乐的音符；米开朗琪罗在教堂中，即使心不情愿，也全神贯注地雕刻，坚强是他的灵感，直到生命最后一刻仍在坚持。我心中孤傲的火焰慢慢熄灭，化作一泓平静的泉水。

回眸成长，我懂了一句话：“天将降大任于斯人也，必先苦其心志，劳其筋骨，饿其体肤，空乏其身，行拂乱其所为……”就让我们带着坚强的信念出发吧！去奋斗，去拼搏，去履行生命的诺言！

（指导教师：陈娟）

地雷花

莫玉玲

地雷花具有茉莉花的芬芳，但它的花香让我更觉得淡雅。它的花色有白的、黄的、红的、粉的、紫的，而我家种植的地雷花是紫红色的，所以，地雷花的别名叫做紫茉莉，这我并不奇怪。那地雷花为什么叫这名呢？我想这大概源于它的种子像地雷的缘故吧。

当我把一粒“地雷”栽种于土壤中没几天，我发现它生长的速度很快，而且生命力也很强。记得夏日炎炎，因为天气炎热，我有一段时间去外婆家避暑，无法给地雷花浇水，回家的前一天认为地雷花有可能渴死了。

可是，出乎意料，地雷花虽然没有了以往的风姿，但是以顽强的生命力告诉我，它还活着。地雷花虽然暂时失去了美丽，可是以一种顽强的生命力告诉我，它的生命力也是美丽的。

是啊，地雷花的顽强的生命力感染了我，让我每天看到地雷花时，更觉得鲜艳多了，美丽多了。每当看到紫红色的地雷花花蕊，总会让我会心一笑，因为亭亭玉立的地雷花花蕊像戴了顶黄色或者橙色的贝雷帽，似乎就像少女一样，在五片微皱的花瓣中间载歌载舞。

当地雷花凋萎时，细心观察的话，你会发现有些细长的花柱从没有握紧的“小拳头”缝隙里伸出长长的脖子，卷曲地看这大千世界。花败了的地雷花会举着长长的小胳膊，就好像一个个握紧的小拳头，抓住短暂的美丽，孕育新的生命，把一个将要成为另一个“小地雷”的生命细心呵护着。而即将要开放的地雷花，像少女纤长细手合并起来的姿势，做着定格的舞姿，等候绽放美丽的时刻。

在高高在上的地雷花下，有着一根直立的圆柱——主茎。主茎多分成了一节一节的茎，跟竹子一样，一节一节的，但又没有竹子笔直，却像树木般旁逸斜出。主茎作为营养主要输入部分，以尽忠职守的品质，把根牢牢地扎入泥土中，让紫红色的花朵安坐于最高处使人欣赏。

地雷花落后，花萼里的种子是黑色的，形状呈球形，但是表面不光滑，凹凸不平，似乎是它年老的皱纹，也将短暂的美丽浓缩成了一个小“地雷”，等入土再长，再次绽放美丽。

瞧，在一片片似心形的翠绿色叶子上，地雷花站得高高的，和风吹送，舞动着婀娜的身子，像小喇叭一样，边吹边跳舞，在绽放自己独特的美丽呢。

（指导教师：崔建民）

书香满屋

周富薇

跟许多同龄人一样，我也喜欢读书，但是，我读的书完全由自己的喜好决定。不对胃口的，就通通把它们扔在一边，因此，我读的书比较单一。我喜欢读散文、小说，尤其喜欢鲁迅先生的《朝花夕拾》和《孔乙己》，每每读到这些书，心里都有不同的感触。

读书并不在于读的数量多少。一个人一生能认真地读上几本好书，比囫囵吞枣地读上许多书要好得多，就像人生需要时时回顾一样，好书也是需要不断重读的。好书是那种读后能让我们思索的书，它可以是一本故事书，一本漫画书，甚至可以是工具书……

我喜欢读书，喜欢在字里行间领略和感悟世界。我喜欢冰心的婉约清秀，《繁星·春水》里描绘的意境总能让我体会一种纯真感性的世界，让我百感交集。正如书中所说："欲语又停留。"在纷繁复杂的世界中，冰心的笔尖爱意浓浓，引导我们回归自然。我也喜欢曹文轩的清新质朴，他的文字让我极其享受，他的思想让我为之心动，由此，我的心思细腻了起来，开始观察每一处细节，观察生活的美好，从而对未来充满信心，认识到希望无处不在。

我读书的速度很快，就好像伐木工人砍树一样利索。遇到气味相投的，定要风卷残云地将它读完。虽说人长大了，但这"暴饮暴食"的习惯却依旧没改掉。有人将阅读看作一块磨刀石，依靠它把自己的智力打磨得更锋利。可对我来说，阅读是凭借自己的直觉，本能地去寻找与自己共鸣的语感、题材、氛围、思想。我买书太缺乏计划性，打算买的是一本，却常常抱回家至少三本，所以无论走到哪里，我的床头始终堆着一摞书。

读书是一种享受，一种交流，一种领悟，一种超越。但要做到这些，就得多读，仔细地咀嚼，浅尝是不行的。读书就是把那些隐藏在文字背后的思想读活，为我所有，为我所用。对于我，真的可谓：墨香满坊，书香满屋！

（指导教师：陶清）

品 菊

刘映雪

深秋季节，百花凋零，唯有菊花，含笑怒放，一身傲骨。

菊花原产于我国，后来传至国外，成为世界闻名的花卉之一，与梅、兰、竹并称“花中四君子”。菊花的种类繁多，有紫矛、五彩凤凰、高山流水……有的如雍容的公主，有的如展翅的孔雀，美不胜收。

不过，我最喜欢的还数“鸳鸯菊”。鸳鸯菊是一种名贵的菊花，枝干粗壮，呈棕褐色，顶端盛开着一朵朵紧紧生长在一起的花朵，一边红，一边黄，相互簇拥着。它的花蕊向外展开，花瓣参差不齐，远远望去真像一对恩爱的鸳鸯在水中嬉戏。入夜晚风轻轻吹拂，鸳鸯菊在月光下轻轻晃动，就好像穿上了盛装的少女，翩然起舞，婀娜多姿，越发显得别有风韵。

菊花是一种可入药也可食用的花卉。菊花味甘，性微寒，有野菊和家菊之分，家菊清肝明目，野菊祛毒散火，若长期食用，有利血气、轻身、延年的功效。菊花还可以制成菊花保健茶。每年10月底，菊花茂盛之时，杭白菊和黄山贡菊经过一系列的加工制作，便可供人们食用。我国自古就有赏菊、吃菊的习惯，一直延续了数千年，菊花宴更成为一种独具特色的饮食文化。“冲天香阵透长安，满城尽带黄金甲。”自古以来，人们就偏爱菊花，爱它的绚丽多姿，爱它的芳香四溢，爱它的清秀神韵，爱它的凌霜盛开……人们以菊明志，以菊比拟自己坚贞不屈的高洁情操。

置身于菊花的世界，我浮想联翩，如痴如醉。

（指导教师：花静静）

花开的声音

章佳文

每时每刻，都会有一个小小的生命在地球的某一个角落，悄悄地，但却努力地绽放。

记得我跟爸爸妈妈去过一个农场，在农场里，有大片大片的花田，各式各样的花开得非常鲜艳，一朵紧贴着一朵，每朵花都在努力地绽放。

大人们都在聊天，我便独自跑到一条小溪旁玩水。忽然看到一只白色与粉色相间的蝴蝶从我眼前飞过，我立刻追了上去，却看到彩蝶在墙角盘旋着。我小心翼翼地移动过去，蹲下身子，寻找彩蝶的踪迹。突然，一个小小的东西引起了我的注意，在墙缝和地面之间，长着一朵白白的、小小的雏菊，而那只彩蝶正盘旋在它的上方，轻轻地落在那还未绽放的花苞上。

我静静地欣赏这两个娇小但美丽的生命。雏菊的花瓣很小，虽然它还未绽放，但在努力地展开自己。雏菊的茎和叶也很小，却十分翠绿。它为什么这么小呢？我不由得看看“脚”下的土地，土地很干，已经裂出了几道小口子。此时天上乌云密布，不多时，就下起了小雨，彩蝶飞走了。我也站起来跑进了屋子。

雨越下越大，大人们都在抱怨这雨下得不及时，影响参观。我却很高兴，因为那朵小花有水“喝”了。这里的天气真是变得快啊，不到半小时，雨就停了，我又一次冲到墙角边。此时我惊喜地发现，雏菊已开了大半，只剩一点便可绽放。它洁白的花瓣上挂满了水珠，使它显得更加晶莹、纯洁。它原是一颗小小的种子，被不经意间洒落在这片土地，便开始努力地生长。尽管土地如此干涸，它仍为绽放一次的美丽而向上生长。此时，我对它有了一丝敬意，把耳朵贴近它那娇小的花瓣，我好像听到了它在诉说，听到了它在努力绽放，听到了它在微笑。

也许在很多人眼中它只是微不足道的一朵小野花，但在我的眼中，它却比那些万紫千红的花要更加美丽。这不是因为它的娇小与纯白，而是因为我听到了花开的声音。

（指导老师：刘新川）

荷

朱志娟

荷，属睡莲科，是多年生的水生草本植物，又名“芙蓉”。

荷的叶子像个大圆盘，碧绿碧绿的，表面像涂了一层看不见的油，雨水或露水落在它上面打不湿，滚成了一颗颗亮晶晶的珠子，真可谓是“大珠小珠落玉盘”，成了人们的观赏物。荷叶除了供观赏外，还有另外的用途：用荷叶包一些食物清蒸，油而不腻，清香爽口；炎热的夏季，用荷叶盖腌菜，便不易变质。

荷的地上茎中通外直，不蔓不枝，亭亭玉立。荷的地下茎叫藕，它虽然终年埋藏在黑暗的淤泥中，却一尘不染，洁白如玉。它分成一节一节的，切开来，里面白生生的，中间有许多小孔。藕可以生吃，也可以熟食。江南人爱把糯米装在藕孔里煮熟吃，煮熟的藕吃起来有一种说不出的美味。另外，油炸藕夹肉也是一种待客的上等菜。

当然，最引人注目最值得赞美的还是荷的花朵了，它以“出淤泥而不染”的高尚品质深得人们的喜爱。荷花的颜色有好多种，白色的似纯洁的雪，粉红色的则像少女的面颊。几片花瓣围着一个嫩黄的莲蓬，煞是好看。荷花的盛花期为6月中旬到8月中旬。俗传农历六月二十四日为荷花的生日，亦称“观莲节”，每逢这一天，江南水乡的人们还约亲邀友游赏于荷花荡中，酒食弹唱，为荷花祝寿呢！到9月份，荷花就慢慢凋谢了，露出成熟的莲蓬。莲蓬上的莲子可以炒食，香喷喷的，也可以做成美味的莲子汤，为人们解暑，还可滋补身体呢！

荷自古以来为我国人民所推崇，以“荷”为内容的诗词歌赋不胜枚举。而这诗意盎然的荷也为人类作出了很大贡献。

（指导教师：何静）

第七部分

小鸭，别跑

小鸭子们嘎嘎地叫着四散而逃。但我还是成功地捉住了一只胖胖的小鸭子。这个倒霉蛋在我手中拼命地挣扎着。我用一只手拎着它的脚，小鸭子只能徒劳地扑扇着翅膀，嘎嘎乱叫。

——王棘娴《小鸭，别跑》

猫猫，你别跑

杨梓涵

院子里不知何时来了几只野猫。它们在院子里东窜西窜，经常窜出来吓唬人，还大肆产崽、蹭饭。目睹了这一切的我很是恼火，决心铲除这几只“混世魔王”。

于是，我把过生日买的玩具枪上好子弹，架在阳台上，等着小猫过来。瞄准镜中出现了小猫的身影，我马上开枪，只见小猫纵身一跃，躲过了这“致命”的一击。我的子弹打在了一辆汽车上，我赶紧低下了头，一边躲着车主，一边想着第二战的战略。

第二战，我带上了诱饵——羊肉串。把“诱饵”放在了它们的窝旁。它们一嗅到肉味，便跑了出来，见到我那阴险的笑脸，它们便四散逃走了。“赔了肉串又折兵”的我非常恼火，决定复仇。

一天晚上，潜伏在院子里的我见到一只猫钻进垃圾桶找食物，我心里想：你完了！我看准机会，一下子扑了上去，把垃圾桶的盖子盖上了。猫猫一开始还挣扎了一番，到最后也不动了，我说：“该死的猫，尝到报应了吧！”妈妈看到这一切，对我说：“你不能这样，猫也是种好动物呀，你看咱们院里没有老鼠，那是猫的功劳呀！”这……我若有所思，觉得自己确实做得太过分了，干吗和这些可怜的流浪猫过不去。想到这儿，我打开垃圾桶，把猫放了出来。

后来，我经常喂它们肉串、肥肉和丸子，一开始它们很怕，好像还心有余悸，可是后来和我渐渐熟悉起来，经常对我撒娇，和我玩耍，我也经常摸摸它们，像对我的好朋友一样对待它们，我和它们的关系越来越亲密了。

（指导教师：马艳萍）

我家的孤独守望犬

姜雨晨

我家有一只萨摩耶名叫雪幽，长得可漂亮了！它有一对非常“害羞”的小耳朵，在奔跑的时候小耳朵经常向后一扬，藏在了它茂密的皮毛里。它的眼睛很大，又黑又亮，象杏仁一样。水汪汪的大眼睛周边有一圈黑边条，就像画了眼线一样。雪幽的眼睫毛最为好看，洁白而修长的睫毛让它的大眼睛更加楚楚动人。它的眉毛也是洁白的，向空中伸张的同时，画了一个美丽的弧线。雪幽的脖颈至前胸像雄狮一样，长满了茂密蓬松的毛。它的前爪非常强健，后腿微弯有利于弹跳。它的尾巴又长又大，翘在背上，酷似一朵灿烂盛开着的菊花。别看它长得乖巧天真，它可不是吃素的呢。

每到周末，我们便带着它去郊外捕猎。捕猎时，它弓着背藏在芦苇后，这时常会出现野鸡或野兔（通常是野鸡）。它沉住气，身体略微往下一沉，待猎物低头找食物的时候，它前脚一蹬，从芦苇丛中跃出，按住猎物。如果猎物有所反抗，它便从喉咙里发出低沉的叫声，以示威胁。这时，如果是很漂亮的长尾野鸡，我们便会放生。如果是白羽鸡，雪幽会绅士般优雅地品尝起来。你或许觉得很血腥，谁叫雪幽的祖先是穿过西伯利亚七千里冰川凶残的雪狼呢！经过千年的演化，雪幽的尖牙利齿已开始在保护主人方面大显神通。

记得上次在大十字广场，一头斗牛士（日本引进的犬种）不知为何疯了似的向我冲来。它吐着鲜红的舌头，眼里泛着凶光，尖锐的牙齿冒着寒气。就在这恐怖的时刻，雪幽在最短的时间内拼了命地冲过来，用身体挡在我的前面，奋力推开斗牛士。斗牛士把雪幽扑倒在地，雪幽因此受了很重的伤。在那么短的时间里，它竟然什么都不想，全然不顾比自己身形要大得多的斗牛士，它忘记了自己的弱小。从那以后，它不再像以前那样东奔西跑，总是不离我左右，眯缝着眼睛随时防备着。

傍晚，它常伴着我在窗台上看日落。夕阳洒落在它稚气未脱的脸上，再看它，整张脸沐浴在夕阳的霞光中，眼里全是幸福与满足。后来，有一段日子，我更多的时间要用在学习上，没有和它一起看日落了。一到那个时间，它就站在我的书房门口，耷拉着舌头，发出“赫赫”声，示意着我，要我一起去看夕阳。我冲着它摆摆手，它只好爬在窗台上独自看日落，独自守望那片能让它感觉幸福和满足的空间。有一次，我悄悄地走过去，看到它的眼里仿佛还闪烁着泪花。那一刻的天空是昏黄的，像它孤独的心。也许对它而言，没有我的天空是灰暗的。

我很爱它！不仅仅是因为它一直忠诚地护卫着我，当它熟睡在我身边的时候，我能感觉到自己也不会孤独。

（指导教师：朱志节）

小鸭，别跑！

王棣娴

去年暑假，我到乡下老家去玩。

家里新添了二十只可爱的小鸭子。一进舅舅家的院子，我就看见小鸭子们正抢着吃盆子里的饲料。它们浑身淡黄淡黄的，像一个个小绒球，扁扁的小嘴不停地抖动着，个个都在努力地争抢着，饲料洒了一地。

“多可爱的小鸭子呀！”我兴奋地叫着，向鸭群冲了过去，想马上抓住一只可爱的小鸭子来玩玩。小鸭子们嘎嘎地叫着四散而逃。但我还是成功地捉住了一只胖胖的小鸭子。这个倒霉蛋在我手中拼命地挣扎着。我用一只手拎着它的脚，小鸭子只能徒劳地扑扇着翅膀，嘎嘎乱叫。

舅舅在远处大声地骂了我一句，我没有听清楚，却吓得顺手把小鸭子一扔。小鸭子被扔到旁边的篱笆上，腿夹在了竹片中间。舅舅跑过来，把小鸭子放下来，那只小鸭子一瘸一拐地逃走了。舅舅生气地说：“鸭子那么小，你这样子会害死它们的。”我心里很不服气，却不敢做声：不过是只小鸭子嘛，居然为鸭子骂我！

表哥端着一个水盆走出来，放在地上，冲着鸭子啧啧地叫了几声，小鸭子们就乖乖地跑了过来，最后一只胖胖的鸭子脚一拐一拐的……我很惭愧，觉得是自己害了那只小鸭子。我怕它跑得慢喝不着水，就想跑过去帮它。可我还没有走近，小鸭子们就惊慌地跑开去了。我着急地大叫：“小鸭，别跑！”表哥也着急地大叫：“你别过来，再过来，小鸭子就要去跳火海啦！”

我有那么恐怖吗？我不禁哭起来。舅舅走过来，语重心长地说：“动物也是生命啊！你对它们好，它们就会对你好。你欺负小鸭子，它们会对你好吗？”我看着表哥重新召回小鸭子，小鸭子们围着他高兴地喝着水。难道不是这样吗？表哥对小鸭子好，小鸭子就不怕他啦！

我不好意思地对舅舅说："舅舅，让我来喂小鸭子吧！我不会再欺负它们啦！"舅舅高兴地点点头。我很快学会了怎么和小鸭子相处，给它们喂食，还带着它们到池塘游泳。小鸭子嘎嘎叫着整天跟着我，仿佛是我的一群知心朋友。

暑假很快过去，寒假不知不觉来了。我重回老家，发现院子里又新添了二十多只小鸭子。我问舅舅："原来那些鸭子跑哪里去了？"舅舅笑嘻嘻地说："你喂得好，鸭子们卖了个好价钱。"我很伤心，虽然我知道这是必然的。难怪老人们说：做畜生是最倒霉的。我望着满院子嘎嘎叫着的小鸭子，心想：我一定要好好珍惜和这些新朋友在一起的假期。

（指导教师：吴勇）

来 福

袁娅玲

寨子里有一位老太婆，她的儿女都出去打工了，只有她一个人孤苦伶仃地生活。

她的儿女不愿管她，一直都没给她寄过一分钱。寨子里的人见她很可怜，就帮她犁地、耕种。有一天，老太婆上山回来，在路边看见了一只流浪狗，善良的老太婆看见了，把它小心翼翼地抱回家。

老太婆用水把狗的身上洗干净，又给它水喝，给它东西吃，还给它起了个名字叫来福。

来福很通人性，每当老太婆给来福讲她的心事时，来福就很乖地偎依着；每当老太婆给来福讲她那些开心的事情时，来福就高兴地小声地汪汪叫。老太婆家里很穷，宁愿自己少吃一口，也要让来福吃饱。

打那以后，来福就成了老太婆唯一的亲人了。每次老太婆在洗脚的时候，来福总会去卧室给老太婆叼拖鞋来。冬天睡觉时，老太婆就把来福抱到被窝里，相互取暖。

来福就这样跟老太婆相依为命，形影不离，给老太婆带来了许多的快乐。

可是，终于这一天还是来了，老太婆生病去世了。寨子里的人第二天才知道这件事。老太婆的儿女从外地回来，她们把老太婆埋了，就又去外地了。临走时儿媳妇说了一句话：这下好了，再没有什么负担了。

来福整日整夜守在老太婆坟前，不吃不喝，呜呜地叫着，听起来就像在哀声痛哭。后来，人们发现来福在老太婆的坟前也死了，村民们都说：“养那样的儿子，还不如养一条狗呢。”

（指导教师：张翊奇）

小 狗

范甘来

还记得小时候，我家有一个院子，里面养了一只很小的白狗。我们家看白狗这么白，就叫它“小白”。养小狗时我才上幼儿园，正好和小狗一般大。我和小狗之间也发生了很多有趣的事，下面，我就说几个例子：

每次，小狗一见我就像找到了朋友，向我奔来，舔舔我的脸，那种感觉很舒服，可我爸爸见了就把我抱开，说什么不卫生，可爸爸走后，小白又跑来舔我的脸。有一次，我骑在小白背上，结果一不小心就连滚带爬地滚了下来，小狗见我滚下来，马上跑到我面前，我当时十分气愤，心里想着：可恶，竟然把我摔疼，我要把你抱起来，把你也摔一跤。想完，我就站了起来，把一只手放在小白肚子上，另一手放在小白背上，用力一提，“啊，不！”我的手一不小心，一滑滑到小白的屁股，小白就突然撒了一泡尿。

“妈妈，”我哭着说道，“帮我洗手。”

当时妈妈就马上帮我洗手，还对小狗进行了“思想教育”。

后来，小白长大了，我们家也搬到没有院子的新房子，我们家一起商量小白怎么办。爸爸说把狗吃了算了，可是我极力反对。最后商量的结果是送人，送给叔叔。

我和小白见最后一面时，我看见小白身上毛茸茸的，可爱的脸蛋加上亮晶晶的眼睛，真是漂亮极了，可惜，之后它就不是我的狗了。

可是，小白好景不长，在去叔叔家时，从摩托车上掉了下来，不见了踪影。

小狗真是一种可爱的小动物，每次见到别人家的小狗，我就想起来了可怜的小白：你去哪儿了？

（指导教师：方西河）

我爱小松鼠

夏淼鑫

我的妈妈最讨厌动物，所以一直不让我养小宠物。一次，我的一个朋友送给我一只小松鼠，我很喜欢这只可爱的小松鼠，只能壮着胆收下了这只小松鼠。

我提着笼子，回到了家，妈妈一看，就大声叫道："你怎么能带这种动物回家呢？"我小声地说："它很可爱，我喜欢它。"妈妈无话可说，只能让小松鼠留下。

这只松鼠是棕色的，背上有几道白，爸爸也很喜欢它。我总是偷偷地往笼子里放些牛奶让小松鼠喝，爸爸也背着妈妈买非常贵的杏仁和许多干果。

一次，我看见小松鼠很孤单，便把它放出笼，小家伙"嗖"的一下跑开了，我连忙满家地追，"别跑！别跑！"我平时喜欢吃橘子，把皮扔得满地都是，在追时，意外踩到一个橘子皮，一下子摔了个"狗啃皮"。"哎呀，痛死了！"我摸着屁股起来了，这时，小松鼠正站在厕所的马桶上，我忙扑了上去，小松鼠灵巧地躲开了，我也不小心把马桶盖给弄掉了，顾不上那么多了，我一手抓住了小松鼠。"累死了，累死了，终于抓到了！"

小松鼠有时候很调皮，虽然搞得我们家很不安宁，可我还是很喜欢它。

日子久了，我发现小松鼠总是趴在笼子上，十分渴望到外面来蹦跳，我想：毕竟，它的生命是属于大自然的，我不能这么自私，把它留在身边给自己取乐。于是，有一天，我做了个决定，终于把小松鼠放回到属于它的土地。

小松鼠，不管你在哪里，我都一直记得你带给我的欢乐，我会在心里一直喜欢你，希望你能在大自然生活得更好！

（指导教师：马艳萍）

我家的小狗叫皮皮

姚林沁

我一直都喜欢小动物，养过小鸭和小兔，还养过金鱼，但是都没养多久就死了，我很伤心。妈妈说小狗又乖又好养，我就一直盼着有一条小狗。

三年级的时候，爸爸的好朋友家里有只狗下了三只小狗，爸爸和那个叔叔商量了一下，要了一只才一个月的小狗回来。它可爱极了，睡觉时嘴还一动一动的，好像还在吃奶呢。它一到我们家我就帮它取名字，取什么好呢？我想给它取个福娃的名字。我想叫它贝贝，可我们院子里有个小朋友叫贝贝；想叫它欢欢，我姐姐家的狗叫欢欢；京京听起来像女孩的名字，对了，忘记说了，爸爸带回来的小狗是公狗；迎迎也不行，和我姐姐的名字同音；妮妮太女性化了。我绝望了，福娃的名字都被别人占了。看见它蹦上蹦下，一刻也不闲着，调皮极了，干脆就叫它“皮皮”好了，皮皮的名字就是这么来的。

皮皮很聪明，它好像听得懂你说的话。每次我去上学时，它想跟着我一起出去，我说：“你不能出去，在家里。”它歪着头看着我，门开着也不往外跑了。要是没说不能出去，门一开就跑出去了。

有一次，我们家闹“蚂蚁灾”，妈妈在家里放了消灭蚂蚁的药，皮皮看见了以为是什么好吃的东西，好奇地走上去闻了闻，正准备用舌头去舔舔，妈妈不经意间看到了，立马尖叫起来：“不行！那不能吃！有毒的。”皮皮马上把舌头收了回来，后退了几步，歪着头，用好奇的大眼睛看着妈妈。妈妈蹲下去，摸着皮皮的头说：“这是蚂蚁药，不能吃的，你也可以帮忙踩死一些蚂蚁的，也为消灭蚂蚁做点贡献嘛。”自从那天后，家里的蚂蚁少了许多，这也许有皮皮的功劳吧。

到今年皮皮四岁了，在按狗的年龄算它已经成年了，但它还是那么乖巧，那么听话，我和爸爸妈妈都离不开这个淘气的小活宝。

（指导教师：方西河）

我的豆豆

柳　洋

今天是我的生日，爸爸说下班的时候给我一个惊喜。下午放学后，我左顾右盼等着爸爸回家，“咚咚……”一阵急促的敲门声传来，我迫不及待地跑过去开门。“爸爸！爸爸回来了！”我一边跟妈妈说，一边看爸爸手里的盒子。我连忙一把抢过爸爸手里的盒子，跑到自己的房间打开一看：“哇！小白兔！是我最喜欢的小白兔！”我抱着爸爸的腰高兴地跳了起来。

小兔子一身雪白的毛，毛茸茸的，摸起来可舒服了。长长的耳朵像两根小天线，红红的眼睛像两块无瑕的红宝石，它不时迈着那有力的双腿在我面前一蹦一跳的，样子特别逗，像个可爱的小公主。

我们家里人都喜欢它，给它在阳台盖了一个小屋，我每天放学回家第一件事就是去看它，我还给它取了个名字，叫豆豆，怎么样，这个名字好听吧！

有一天放学回家，我看见它的毛没有那么洁白了，我就想给它洗个澡，可刚洗到一半，被妈妈看到了，妈妈生气地说：“你怎么用冷水给豆豆洗澡呀？它会感冒的，快点用电吹风把它的毛吹干。”我连忙把豆豆从水中抱了出来，用干毛巾擦去它身上的水，只见豆豆在不停地发抖，看着它六神无主的样子，我的心里像吃了苦瓜似的。我一边拿电吹风给它吹，一边跟它说：“豆豆，对不起，我不是故意的，希望你能原谅我。”好不容易把它身上的毛吹干了，我把它紧紧地搂在怀里，让它感到温暖些。豆豆睁着那又大又圆的眼睛不停地看着我，好像是说：“谢谢你，小主人，我已经不冷了。”

时间飞快地过去了半年，有一天放学回家，我按照惯例先去豆豆的小窝，可豆豆的小屋里面空空的，看不见豆豆的身影，我立即跑过去问奶奶，奶奶告诉我，豆豆突然生病死了。我歇斯底里地大哭起来，妈妈对我说：

“不要哭了，下次爸爸再给你买一个就是。”“不！我就要我的豆豆！”我立马跑进自己的房间，叫着喊着豆豆的名字。

豆豆虽然离开我很久很久了，可我依然记得它可爱的模样，“豆豆，我永远不会忘记你，我永远喜欢你！”从此家里再也没养过其他小动物了。

（指导教师：易彩辉）

生命是珍贵的

陈江琴

无论是谁的生命，都是珍贵的。不要认为只有人的生命有价值，动物也有语言，只是人听不懂罢了。动物和植物都有生命，它们的生命与人的生命一样都很珍贵。

有一次，我放学回家后，听见小鸟在某个地方叫，听起来很凄惨。我赶紧顺着小鸟叫的方向跑去。啊！原来是两只麻雀在粪坑里爬不起来，不住地挣扎，可怜极了。

我准备伸手把它们捞上来，但是，我看着粪坑里污浊的脏物，实在太令人恶心了。又看看那两只挣扎的小麻雀，我不忍心看它们就这样失去生命，于是，我还是决定救它们，而且老师也曾经说过要爱护动物。

我趁着它们向我这边过来的时候，一伸手把它们俩捉了起来。有一只小麻雀已经奄奄一息，快要死了。都怪我，要是早点儿的话，这只麻雀兴许就不会死了。

我把快要死的那只麻雀放在一棵大树下面，那下面很阴凉。我把另一只带回了家，放进一个小盒子里，里面放着水、食物，让它自己吃。

第二天放学回家，我看见两只大鸟在天上飞，好像在寻找它们的孩子。我急忙跑回去，发现小麻雀不见了，难道被哥哥给偷走了吗？明明哥哥不知道的，怎么会呢。

我走进哥哥的房间，看见那只麻雀了，它的额头有一个红色的圈，我一摸，是血！我赶紧把它捧到外面去，给它擦药。

过了不久，哥哥回来了，我生气地说："马上向我的小鸟道歉，快点！"哥哥大笑起来："哪有人向动物说对不起的，你烧糊涂了。"我说："你才有病了！"跑到房间里时，小鸟已经死了。我很伤心，就对着哥哥大声嚷嚷道："是你害死了我的小麻雀，那是一条生命呀！"哥哥满不在乎地说："有什么大不了，我去捉一只来赔你就是了。"我瞪着他，气得说不出话来。

我把小鸟埋了，让它安息。把它从坑里捞起来之后，我就应该把它放回去。我想，是我害死了那只小麻雀，我心里充满自责和悔恨。

（指导教师：张翊奇）

第八部分

乡村小路

春天的午后，花在绽放，细细听，那是春天的气息；夏天的夜晚，萤火虫飞在闷热的树林间，在寻觅一种花酒的香甜；秋天的清晨，一株古老的红枫树在谱写华丽的大结局；冬天的早晨，一个少年走在田野的尽头，把积雪踏得“沙沙”作响，雪地上留下了一串银色的脚印……

——游思敏《少年四季游》

少年四季游

游思敏

河川之秀丽，雄山之峻拔，让我忘记了一切，沉醉于其中。

春天的午后，花在绽放，细细听，那是春天的气息；夏天的夜晚，萤火虫飞在闷热的树林间，在寻觅一种花酒的香甜；秋天的清晨，一株古老的红枫树在谱写华丽的大结局；冬天的早晨，一个少年走在田野的尽头，把积雪踏得“沙沙”作响，雪地上留下了一串银色的脚印……

这是什么？是四季的魅力吗？

春天的一个下午，走在一棵树下，一朵杏花，似乎不经意地飘落在我的肩上，在我心里激起一层层涟漪，在夜里渺渺回荡。夏的清晨，我来到田间，听着蝉鸣、蛙鸣，闷热被自然的和谐、幽美洗净了。这里是一个没有烦恼，也没有忧愁的地方。细细远眺，远处还有激荡着《无忧曲》的阵阵箫声。秋天的深夜，我在窗前望着，突然飞过一群鸟，伴着星星闪耀着迷离又彷徨的亮光，消失在夜空的尽头。冬天的下午，荡在粉妆玉砌后的秋千上，昨日童年的味道变得悠长悠长……

日子逃去如飞，四季在不停地相错。

春天种下阳光，“迟日江山丽，春风花草香”，不经意间，便收获希望；夏天种下汗水，“水光潋滟晴方好，山色空蒙雨亦奇”，闪烁间，便收获激情；秋天种下道德，“春种一粒粟，秋收万颗籽”，便收获品行；冬天种下一份目标，“终南阴岭秀，积雪浮云端”，便收获一乍曙光。

冬天来了，春天还会远吗？

春夏秋冬在指间不停地轮回着，静默时，四季似乎想告诉我些什么？

在春天，我看见一队植树的少年，欢声笑语洒落一地，春风一吹就会化作满地绿色；在夏天，雷雨中撑起的花伞下，几个孩子的头挤在一起，分享着友谊的晴空；在秋天，一个梳着小辫的女孩，主动去扶一位老人走过马路，把关爱留在飘飞的落叶里；在冬天，一个男孩把雪地上滑倒的小弟弟扶起来，冰冷的雪地有了一抹温暖的亮色。

我明白了：爱在四季，爱在心灵，爱无处不在。这世上，原来还有这么多爱，谁说“少年不识愁滋味……为赋新词强说愁”，我想为四季赋首新词，为爱写支新歌。

（指导教师：吴勇）

眺西子

马　铭

华夏在那个夜晚被喜庆的红色沸腾，西子在那个薄暮一如既往地燃起一脉绚烂。

年根底，我和朋友一家怀着敬仰和膜拜的心情飞往杭州，初访西湖。

房间位置不错，窗帘尽开，那饱蘸笔墨的西湖便铺排在眼前。初到的两天，杭州正被一层碎雪覆盖，湿冷的空气弥散入朦朦山雾，似扯展一条透明的丝绸闲闲地披在肩上，没有什么生机可言。

失望冲淡了来到异地、摆脱束缚的欣喜，没有释怀的鲜绿和墨色，没有促人怜香惜玉的粉荷。西湖似乎只是一方湖水，架着几座桥，苍老地回顾那些美好的传说。

大年三十那天黄昏，从外跋涉了一天回归，不知如何歇足，翻身侧躺：帘子未拉起，辉煌与悠然竟恣意流淌。

没有昨日薄雾的弥漫，山的脉络在山水的末端被淡淡地勾勒，西湖无波，像一位欲睡的少女，静静躺着。夕阳不愿这热闹的一天就这样淡淡地收场，它点燃了自己！灿灿的金芒，与如酒枣般醉意的红交织在一起，向上烧起了闲散的云，灿烂了那方苍穹;那绯红向下浸入湖水，偕同粼粼的水波呈现出纵跨整湖的绚烂。左侧的西湖还在恬静地睡着，不知这方天地已被残阳燃起。残阳铺水，半江瑟，半江红。

我坐了起来，呆呆地看着隐隐约约的山影一点点吞没那如火如焰般的夕阳，越沉越发迷人，虽柔和了许多，但这份难觅的激情后的悠然，伴着西湖沉沉地睡去。

台前，龙井茶香袅袅。那笔笔黛痕，或篇篇玄艳的陈旧梦境已悄然淡化，恍惚间醒悟，临窗而卧的就是西湖，可跨越千年凡俗的意境在暮色降临时被一抹残阳取代。

或许她难以点出整个西湖，但她尽力了，虽说在那一边无人知晓，但总有一双双关注的眼睛从适宜的角度投去脉脉惊羡。

残阳如此，人亦如此。

（指导教师：曲荣伟）

乡村小路

海之燕

在大自然中，我有许多朋友：树木花草、虫鱼鸟兽……然而，与我最要好的，是通往我姥姥家的那条小路。

在上学的日子里，每到周六、周日，这条路上就会出现我和妈妈的身影。每一次光临这条路，我都会入迷地望着这路旁的风景。

我与这条路之间已经产生了无比深厚的友谊。

每一次，当我经过这条路时，我和小路都会互相打招呼，用目光表达我们之间的友谊。路旁的树木，像一群钢琴家，风是她们的指挥。每当微风吹过的时候，她们就会按起琴键，演奏出美妙的乐曲。哗哗的乐声，平添了几分生活的乐趣。

同样让我迷恋的，是路旁的景色。

而路旁之景最美的时候，是夏秋两季。

夏天，周围一片绿色，好似一片碧海，一阵微风吹过，地里的庄稼随着风的节奏，跳起了舞蹈。在路上，不时出现一条条岔路，于是我的心头冒出一个可笑的念头：杨子邻居的羊就是从这里走失的吧？偶尔地，还会出现几座房子，红瓦灰墙，有点儿像海市蜃楼。碧绿的树叶，常常使人忘却夏天的炎热。美丽的景色，总能让我陶醉其中。

四季中，唯一可以和夏天媲美的，是秋天。

秋天可谓是秋高气爽，连树叶上都有了一丝凉意。秋天还是金色的，看，金黄的谷子沉甸甸地压在枝头上。走在路上，不时吹来一阵阵微风，好凉爽啊！偶尔地，还能看见一群大雁，排成“一”字形或“人”字形，向南方飞去。同夏天一样，每走一段路，就能看到一座房子。唯一不同的是，衬托的庄稼不再是绿色的，而是金黄色。

每走到拐弯处，我都会恋恋不舍，然后，我便在心中期盼着下一次的到来。

（指导教师：蓝田）

美丽的荷花塘

林　逸

万物之中，我最喜爱花。我见过的花也很多，有高贵清雅的菊花，有婀娜多姿的水仙等。但是，在我的心目中，唯有“出淤泥而不染”的荷花占有更重要的地位。她那亭亭玉立的身影，给我留下了深刻的印象。

今年暑假，我回老家去游玩。奶奶家后面有个荷花塘，听说那里的荷花开了，我迫不及待地想去看看。果然，有一天清晨，奶奶要带我去荷花塘里欣赏荷花，我怀着愉快的心情信步向荷花塘边走去。

塘边的景色非常美丽！在阳光下，那片草地开着五颜六色的小花，有红的，黄的，紫的，仿佛铺上了花地毯。低头一看，那晶莹的露珠在叶子上滚来滚去，我轻轻一碰，露珠就滚到我的手心上。旁边的柳树上有不可计数的树干，应该有点岁数了吧，但它展现出来的生命力依然是那么旺盛，像一位守护仙女。

荷花塘中，一片诱人的景色映入眼帘。在那平静的水面上，铺满了荷叶，远远望去，像一块漂亮的地毯。有的大如圆盘，有的像一个小碟，还有的则像一把小伞。荷叶，碧绿的颜色，像翠玉一般的温厚，呈现出盎然的生机。

在这众多的荷叶中，挺立着一株株俊俏的荷花，荷花有红白两色。有的才展开两三片花瓣儿；有的全开了，露出了嫩黄色的小莲蓬；有的还是花骨朵儿，看起来饱胀得马上要破裂似的。

一阵清风吹过，花儿随风舞动，那舞姿真美！小鱼时而游到这儿，时而藏在水里，时而露出水面嬉戏。小青蛙在学唱《夏之歌》……哇！太阳已经升得老高了！我依依不舍地离开了那美丽的荷花塘。

啊！荷花，我爱你的娇艳，更爱你那“出淤泥而不染”的高风亮节。

（指导教师：庆庆）

我爱大自然

韩贝妮

我喜欢在雨后走进树林里，这时，能见到珍珠般的小水珠从翠绿翠绿的树叶上滑下来，滴在泥地上，滴进草丛里。在树下，总能见到雨后新长出来的一个个五彩斑斓的小蘑菇，有红的，黄的，像一把把小伞。

我喜欢聆听枝头上小鸟的叫声。像黄莺、鸫鸟、燕雀，这些小鸟的叫声，都非常婉转动听，如同在唱歌一般，有时高昂，有时低沉，有时迅速，有时缓慢。

我喜欢躺在绿茵茵的草坪上欣赏天空中的云，特别是在黄昏，天空被映得一片橘红，而天空中的云也被染成了橘红色。而且，我最喜欢看云在天上不停地改变形状，刚才云朵像一只活泼可爱的小狗，一眨眼就变成了奔驰的骏马。

我还喜欢树，无论是哪一种，我喜欢挺拔的白杨，苍劲的青松，茂盛的榕树，以及婀娜的柳树。我也喜欢像沙漠中的黄柳一样的树，我认为它们是具有奉献精神的卫士。

我喜欢坐在河边的石头上，观察着河里的景象，河里一条条活泼的小鱼，嬉戏相乐，溅起一圈圈圆圆的涟漪。河里的水静静地流淌着，时不时一阵柔和的风吹来，使得小河顿时微波粼粼。

我也喜欢雾。雾像一条乳白色的纱巾，盖住了村庄，盖住了树林，盖住了整个大地。咦，太阳呢？噢，原来太阳像个顽皮的孩子，也躲到雾的后面去了。这时，再望望周围的景色，就像画家轻轻勾勒出的轮廓线一样。

我喜欢美丽的大自然，而且深深地喜欢大自然能有如此多的美丽景色。

（指导教师：叶立华）

不经意的美丽

方 悦

美丽，或许是偶然的，也许就在那一瞬间，美丽，就定格了，凝结了。因为是美丽的，所以也是永恒的，永恒地刻进了每个人的心里。散发着那样的美，美得让人陶醉……

6月，夏天悄然而至，一场大雨过后，矗立在校园里的几棵浓密的大树，也焕然一新。阳光下，树梢尖上的露水，以优美的弧度从枝头上滑落。阳光下，透过树梢，我仿佛看到了夏天，就在这颗雨滴落在地上的那一刹那，我发觉，夏天来了。似乎是被召唤，似乎是来玩耍，夏天，它或许是不经意的就来到了人间。它肯定不知道，它的到来，对我们来说，有多么神奇，又有多少的惊喜。

因为心情不好，再加上天气的闷热，也使我心中燃起了不明的怒火。真的好想发泄，却不知该选择怎样的方式。我不由自主地走到了湖边。

这条湖依旧清澈，阳光的反射之下，它变得更加明亮。站在栏杆旁，偶然一瞥："咦！那是……荷花！哈哈，是荷花！"我惊讶地叫着。不过，那朵荷花还未张开花瓣，而是紧紧地拥抱在一起，好似唯恐会有人把它们分离一样。我又仔细地看向整个湖中，仔细观看。"好像就这么一朵，而且还没有开放。真像一个美丽的女子含羞的脸庞。"不知是它把夏天召唤，还是，夏天把它当作送给我们的惊喜。就是在这个时间，这个夏天的我，偶然不经意地发现了这个美丽的秘密。我应该感谢刚才的那股怒火，若不是它，我也许就不会发现。此刻，怒气已烟消云散。在这个平凡的一隅，我发现了不经意的美丽……

（指导教师：胡玉）

道不尽的家乡美

刘梦琦

我爱我的家乡五家渠，这里鸟语花香、风光秀丽，这里绿草如茵、碧波荡漾，处处显露出魅力。

到处走一走看一看，青格达的湖水多么清澈，五彩缤纷的郁金香绽开笑脸；瞧！玉盘大的牡丹如含情脉脉的少女美丽动人。

公园里，茂密的树木站立整齐，像是在迎接你的到来频频点头致敬；无数株艳丽的花朵向你露出笑脸，把晶莹的露珠都抖落了。

沿着路旁漫步，你仔细地看，会发现路边树木上被太阳烘烤熟透了的小果实。你静静地听，会听到小昆虫“吱吱”地鸣叫。你细细地闻，会闻到淡淡幽香的花朵气息。迎面吹来的一阵阵风里，还有一丝丝湿润的泥土芳香，顿时让你神清气爽。

来到广场，音乐喷泉翩翩起舞，尽情歌唱。成片绿油油的小草听到那优美的音乐，它们也情不自禁地跳起舞来；柳树也优雅地扭动着枝条，轻轻地为音乐打着节拍；杨树的叶子也'哗哗'地舞动起来，为音乐伴奏。

美丽的小鸟在枝头上啼鸣，它们的声音如泉水一般，美妙动听的歌声让人们沉醉在幸福的画卷里；蓝宝石一般的天空上，几朵白云似乎也被陶醉了，在那悠悠地飘着，飘着……你看着看着，就会被这美好的景象所感染，所吸引。

我爱我的家乡五家渠，我更爱我们伟大的祖国，如果没有她，就没这么美丽的城市，等我长大以后，把家乡建设的更加美丽，要把祖国建设的更加繁荣富强！

（指导教师：康娜）

我们的校园

徐绍舜

我们的校园是个远近闻名的大学校，风景优美，到处都是一片生机勃勃的景象。经常会有来自全国各地的人来参观。

踏进校门，映入眼帘的是座精致的喷泉。喷泉中央有一座高大的假山，喷泉从假山上涓涓流下来，池子形成了一个个小漩涡，上面还漂浮着几朵睡莲，池水绿得像一块碧玉。池子下面有成群结队的鲤鱼，它们三个一群，五个一伙地在嬉戏呢。

绕过喷泉，就来带了宽阔的万里大道。大道两旁种着一棵棵葱郁的大树和一片绿油油的草坪，柔软的草坪犹如一张张舒适的绿地毯。大树的前面矗立着两排名人塑像，有贝多芬、居里夫人、达尔文、鲁迅……他们各个栩栩如生、神态各异：毕加索颔首低眉，好像正在思考新画的主题；哥白尼、张衡，他们昂着头，似乎要在广袤的星空中寻找宇宙的奥秘；爱因斯坦目光炯炯，仿佛他又有了什么新发现……

走完万里大道，拐过右侧就来到了大操场。一面五星红旗高高地挂在旗杆上，微风从左边的教学楼吹来，把红旗吹得像一个火种在燃烧。红旗的两旁有十六个“烫金大字”：今朝我以万里为荣，明日万里以我为荣。你们可别小看这塑胶跑道，它全长四百多米，有八个跑道，加上草地总面积近一公顷，草地像一片绿色的海洋。午饭和晚饭后，我们就会在这里尽情地玩耍。

东边的五幢连起来的是教学楼。走进教学楼，从耳边就传来同学们唧唧的读书声。朱红的地砖，洁白的墙壁，黄漆的栏杆，教学楼下面摆着两排五光十色的花朵，有红的、黄的、紫的，构成了一幅美丽的画卷。

我们的校园风景优美，说也说不尽，希望你有机会去细细游赏。

（指导教师：欧翠娥）

喜 欢

张敏敏

别人讨厌下雨，而我却喜欢下雨。

春天的雨软绵绵的，黏糊糊儿的，滋润着土地，给农民们带来喜悦。夏天的雨像野马一样，性情难猜，喜怒无常；秋天的雨像画家的颜料，把树叶都染黄了；冬天的雨则是白色的，给大地带来冰凉的颤抖和叹息……

而我最喜欢的，是夏天的雨。

去年夏天那次，我们正在吃午饭，忽然，一阵大风卷起灰沙像龙卷风一样吹过，天上乌云密布，似乎要压下来，把大地吞没。

闪电用刺眼的光把乌云照亮，轰！轰！轰！一阵雷声从天空传来，越来越大，连大地都像在忍不住的发抖。

哗！哗！哗！一阵暴雨袭来，夹杂着大块冰雹砸在身上、好疼好疼。屋瓦快要被打破了，那落在地上的，弹起一尺多高，疯狂地跳舞。

狂风呼呼地吹，对面阿姨家的洗脸盆都给吹走了。雨越下越大，马路上成了小河，到处都是水，马路上被雨冲洗干干净净。

远处的大山越来越模糊，若隐若现，像被一件轻纱覆盖了起来。

园子里的菜叶千疮百孔，趴在地上，小草也低下了头。而房屋右边的松树，顽强地在暴风雨中支撑着。

过了一会儿，雨停了，空气多么清新啊，使人神清气爽，脑子里似乎有首欢快的歌。

太阳又从云层里露出了半边脸，远处的大山又看得清楚了。葡萄树被雨点冲洗得很亮丽，小草更绿了。

我和哥哥他们到房顶上去，呼吸着新鲜空气。我们纷纷欢呼着，心里仿佛干净了许多，充满了快乐。我们光着脚丫在房顶上玩水，把脚丫洗得白白的。

“快看，快看”，哥哥大叫了起来，我们看远处的山上，原来有一条彩虹。彩虹起先有点淡，但后来越来越浓，七种色彩合成了一条弯弯的彩虹桥。我是多想到彩虹上面，和好朋友们玩耍。

不一会儿，彩虹的颜色渐渐淡了，最后，彩虹终于完全消失了。我是多么想让彩虹永远停留在天空，让人们都看见它。

我看过两次彩虹，都是在暴风雨过后看到的。暴风雨过后，一切事物焕然一新，就像刚出生的婴儿，睁眼看见的世界，一切都那么清晰，那么美好。

我喜欢夏天的雨，因为雨后往往有彩虹。

（指导教师：张翊奇）

美丽的南湖广场

陈恒立

南湖依山傍水、树木苍翠，是岳阳市最大的供市民休闲的地方。

南湖广场春天百花齐放，美不胜收；夏天里植物们呈现出一派生机勃勃、郁郁葱葱的景象；秋天凉爽宜人；冬天白雪皑皑，美丽极了。

白天，你从北大门进去，可以看见一个巨大的大理石，上面刻着四个遒劲的大字“南湖广场”，再往前走就是广场，广场的两旁是美丽花坛，花坛里种着许多花草树木，有:月季花、栀子花、月桂花、兰花……到处花团锦簇，微风吹过，花儿们扭动着身子，好像在比谁开的花最鲜艳，只要一靠近花坛，就有一阵阵香气扑鼻而来，让人心情感到十分舒畅。

晚上，南湖广场上人山人海，有的在悠闲地散步，有的在地上写毛笔字，一横一竖，有粗有细，饱满有力，让人赞叹，有的在大树下休闲、聊天，还有的叔叔阿姨、爷爷奶奶们这儿一群，那儿一群地跳舞，别看有些爷爷奶奶们年纪较大了，跳起舞来可是有模有样……走到广场中央，有个直径大约有二十米左右的喷泉广场，围场一周有许多大石头供人们坐，喷泉每逢过节或周末都开放，开放时，工作人员会把喷泉的开关和地下音响打开，喷泉会随着音乐的节奏有高有低，变化不定，远远望去像是一个个可爱的小音符在跳跃，最引人注目的要数那中间的最高的喷泉了，像一条长龙直冲云端。走近一看，周围的小水柱则形成一道道雨帘。

广场最北边是一望无垠的南湖，有时微风拂过，荡起了小小的波澜，在五颜六色灯光的倒映下，就像一条披着金鳞的蛇在灵活地扭动着身躯，又像是一块块宝石在散发着光芒，有时水面平静得像一面镜子。

晚饭后散步在沿湖小道上，感受着迎面吹来的丝丝凉风，十分惬意。

南湖广场能让我们减轻一些压力，给我们的生活带来了乐趣，更给我们带来了美的享受，我喜爱它！

（指导教师：郭旭）

我爱大自然

龚静怡

我爱大自然，因为大自然的景色特别漂亮。春天，它要穿上浅绿色的衣裳，夏天的衣裳当然是深绿色的了！秋天、冬天最好看，秋天大自然穿的是花衣裳，有红色、绿色、金色等；冬天，大自然穿的是银色的衣裳。

让我们来详细地了解一下大自然吧！春天在呢喃，原野披上了浅绿色的新裳，大地沐浴着春光，万物生机勃勃，春姑娘似乎不太满意大自然的一片浅绿色，你瞧！她来到花园，迎春花看见春姑娘来了，马上，她们的枝头上缀满了黄色的黄蕾。一朵朵小野花看见春姑娘来了，马上展开了花瓣，给大自然浅绿色的衣服，点缀了一颗颗五颜六色的钻石。

近了，夏天的脚步逼近了，气温越来越高，夏阿姨仿佛在对春姑娘说："春姑娘，你工作了这么久，回去休息吧！我来接你的班！"春姑娘答应了。于是大自然的衣服换成了深绿色。小草越来越多，小树越来越高，气温也增高了很多。小动物们也越来越多，我走到湖边，发现湖就像一片无瑕的翡翠，闪烁着美丽的光泽，湖上有几片荷叶，荷叶上的荷花又大又美的，我百看不厌，突然，下起了大雨，我打开了伞，看见了湖面上朵朵竞相开放的雨花，竟可以像荷花一样的美……

秋天来了，动物们少了，一阵寒风吹来，我冷得直打颤，妈妈给我披上了一件衣服，我看见一棵棵大树都披上了金装，不过松树、柏树仍然是那么坚强，还是那么绿，我不禁发出感叹。冬天也悄悄地来了，大自然披上了银色的衣服，人越来越少了，我坐在桌子上，盼望着春天的到来……

现在，我只想说一句："我爱你，大自然！"

（指导教师：方耀华）

第九部分

在大爱中前行

这些硬币包进了我的心，穿过山川河流，越过大江南北；这些硬币包进了我的爱，它就像奥运圣火，一直传递到每个灾区人的心里；这些硬币还包进了我的祈祷，祝福灾民们能早日找回自己的亲人，共建美好家园。

——彭协《枚枚硬币寄真情》

海峡两岸骨肉亲

李玉冰

跨过漫长的时空，
髓缘再次将你我紧紧牵系；
痛在你的身，
悲在我的心，
扎一针情深入骨，
我生命的活水，
源源涌向你，
从此我心里有你，
你流动的血液里有我，
从过去到未来，
绵绵相续，
缔造一个隔世寻亲的传奇……
台湾，我是你的母亲。

——致台湾

春天的雨缠缠绵绵地下着，没有要停的意思。我望着窗外一片朦胧的世界，思绪飞回了两年前……

2005年8月的某一天，我正坐在奶奶家的电视机前胡乱摁着遥控器，只见中央台的播音员阿姨在用标准的普通话讲着："8月7日，我们将把两只名为'团团'、'圆圆'的大熊猫赠给台湾，以示友好……"我不喜欢看新闻，自然也就觉得这位播音员阿姨的声音百般枯燥、万般无聊。"啪"的一声起身关了电视，走到屋门口去休息一下眼睛。无意间我发现从远处"走"

来一顶小花伞，我有点惊讶：这么热的天，谁还出来“活受罪”？小花伞“走”近了，我看见伞底下露出一双小小的脚，穿着拖鞋，“吧嗒吧嗒”地走着，哈，一定是村里最不爱干净的那个小妹妹——薇薇。

“薇薇！”我叫住她。“嗯？”薇薇转过头。我原以为看到的是昨天那个有一个星期没洗澡，天天在田野里滚来滚去，浑身黑不溜秋的“小脏鬼”。但是事实却让我大吃一惊：站在我面前的是一个脸上、身上都干干净净，头上还规规矩矩地扎着两根小辫子的小姑娘，她身上还穿着一件白色的吊带短裙呢！“你……你是薇薇吧？”我有点疑惑地问。“嗯！”薇薇肯定地点了点头。这时，我才发现薇薇手上还拎着一个大塑料袋，里面装着许多白色的东西。

“这是什么？”我指了指她手上的塑料袋，“给姐姐看看好吗？”

“不……我要到小河边去。”薇薇坚决地摇了摇头。我一听她说要到河边去，吓了一大跳：“薇薇，不要到河边去了，那里很危险，里面有妖怪哦，会阿呜一口吃了你的！”我半开玩笑地说。

“妖怪？我不怕！”薇薇勇敢地拍了拍胸脯，“我不会怕那个什么妖怪的！”薇薇又把话重复了一遍，然后急着要走了。见她转过身，我慌忙叫住了她，要知道六岁的她一个人到河边是件危险的事。

“薇薇，姐姐这里有很好看的动画片和你最爱吃的‘大白兔’奶糖哦，你就不要去河边了，和姐姐在家里看动画片吃西瓜吧。”我兴奋地说。

“嗯……”小家伙嘟起了嘴巴，好像在思考一个很难的问题。我急忙剥了一颗奶糖塞到她嘴里:“告诉姐姐，你要到河那边去干什么？”

小家伙好像已经动摇了:“我要到河边去放小船。”我疑惑地接过薇薇递过来的大塑料袋，发现里面全是一只只用纸折起来的小船，足足有二十只呢！我拿出一只小船，竟然发现上面还写着一行字：“欢迎台湾小朋友坐船到我家来。”台湾的“湾”字和“船”字，薇薇还不会写，是用拼音代替的。我真的想不到薇薇已经会写这么多字了，更让我感到奇怪的是，她怎么会想到这个呢?

见我十分疑惑，小家伙急忙解释：“我想让台湾的小朋友坐我折的小船来咱们这里，暑假前幼儿园里的老师说过，只要我们把船送到台湾去，台湾的小朋友就可以过来和我们一起玩了！”看小家伙那开心的样子，好像台湾的小朋友已经坐上了她的船似的。

我说呢！今天这小家伙打扮得这么漂亮，原来是为了欢迎台湾小朋友啊！我恍然大悟。

“薇薇，走，姐姐陪你一起去河边放小船！”我感到从未有过的快乐。我感受到了薇薇幼小的心灵里那美好的愿望，它美好得让人不忍心去打破它。

我拉着薇薇的小手，一起向河边走去。

等我再回到家中打开电视机时，新闻还在继续，只是那位女播音员的声音突然变得悦耳动听起来，让人充满期待。

（指导教师：王岚）

枚枚硬币寄真情

彭　协

昨天晚上，我们一家人怀着激动的心情观看了“爱的奉献”赈灾义演。当看到那三个无法与家人联系的孩子时，我的眼角情不自禁地涌出泪花。妈妈摸摸我的头，轻轻地说：“多可怜的孩子呀！彭，我们应该尽一切力量，献出自己的一份爱心，去帮助他们吧！”是啊！妈妈说得对，一方有难，八方支援。可我该怎么献出自己的爱心呢？这时，我想到了储蓄罐里有属于自己的零用钱，便飞快地冲进房间。

我捧出自己心爱的储蓄罐，小心翼翼地放在茶几上。“哗啦啦……”啊！硬币装了满满一大水果篮，真是让我大吃一惊，原来自己平时积攒的零花钱居然有满满一大罐呢！看着这么多钱，我还真有点舍不得捐哪，因为我还要买自己喜欢的玩具狗呢。可脑子里不断浮现出刚才电视上的画面，我还是下定决心要把钱捐出去。可这么多钱，我该怎么数呀？这可把我难住了。妈妈像是看穿了我的心思，说：“来，我们也像银行的工作人员一样，把钱用报纸给包起来吧！”说干就干。妈妈和我一起把一枚一枚硬币叠起来，然后50元一小捆用报纸轻轻包好，花了好长时间终于把沉甸甸的硬币包好了。

看着一卷卷的钱，我的眼睛仿佛看到了这些钱已经飞到了四川，建起了一幢幢崭新的教学楼；我仿佛看到了孩子们和我一样在操场上欢乐地玩耍，欢声笑语在天际回荡；我仿佛看到了街道两旁一幢幢高楼拔地而起，一条条平整的公路修好了，一座座断裂的桥梁又重新通车了……

啊！这些硬币包进了我的心，穿过山川河流，越过大江南北；这些硬币包进了我的爱，它就像奥运圣火，一直传递到每个灾区人的心里；这些硬币还包进了我的祈祷，祝福灾民们能早日找回自己的亲人，共建美好家园。

想着想着，我不由自主地笑了，感觉浑身暖洋洋的，心里甜丝丝的。

（指导教师：叶立华）

在大爱中前行

——写在汶川地震三周年

朱天翔

2008年5月12日，在我国四川省汶川县发生了里氏8.0级的特大地震。消息传来，举国震惊。人们纷纷捐款捐物，帮助灾区渡过难关。直到今天，我还清晰地记得：温总理赶赴第一现场，战士们不分昼夜地救援，志愿者义无反顾地奔赴灾区，八旬老人捐出了毕生积蓄，还有小英雄奋不顾身地救人的事迹和新闻播报员用哽咽的声音播报各条新闻……

最让我忘不了的还是电视里的北川中学。那场毁灭性的灾难，在短短两三分钟内，让北川中学两幢五层高的教学楼，一幢完全垮塌，一幢沉塌下去，只剩下歪斜的三层，正在上课的师生被废墟掩埋，整个校园到处是呼救声、哭喊声。短短两三分钟，北川中学近千名师生遇难！刚听到这个消息的时候，我的心都快碎了。想想正在认真上课的同学们，遇到这突如其来的灾难，该有多痛！看到刘亚春校长低着头抽闷烟的样子，我能感受到他的心中是多么痛苦！三年过去了，我从网络、电视和报纸上了解到了北川中学的新消息：在全国人民的支援下，新北川中学建筑面积达7.2万平方米，占地面积为225亩，抗震强度为8级。学校采取住宿制，能同时容纳5200名学生学习、寄宿；还拥有千人会议室及初、高中两部分教学楼。我还看到了三年前丧妻丧子的刘校长，他坐在宽敞明亮的办公室里，办公桌上还配置了电脑，精神振作地在办公。是什么让北川中学的师生们又重新找回了自强不息、奋斗不止的精神？大爱。正是因为他们心中珍藏着全国人民的爱，他们才有了建设和学习的巨大动力，在充满爱的生活中前行。

直到今天，我知道还有一些人一直留在北川给那些失去亲人、痛不欲生的人做着无偿的心理咨询或其他工作。这些人放弃自己优越的生活环境，

坚守在灾区，不求回报，默默地奉献着自己的青春。是什么鼓舞着他们？大爱。只要心中有爱，就会获得无价的回报。

灾难虽无情，人间有大爱。三年中，感人的故事一直在流传、发生着。在许许多多的事情背后，北川中学已经开始了新的征程。我相信：不光北川中学，还有整个汶川，都会以崭新的面貌屹立在四川的！

（指导教师：易彩辉）

大爱无边

熊首智

上课的铃声刚刚响起，而同学们都早已经回到了自己的座位。同学们都知道，今天是一个特殊的日子，老师并没有马上开始讲课，而是在黑板上写下了几个大字：我们庄严地举哀，凝集民族的力量。几分钟后，刺耳的警报声从远方传来，广播里传出了一个声音：请全体师生起立，哀悼在四川大地震中遇难的同胞，请默哀三分钟。时间仿佛又倒流回到那个恐怖的时候……

2008年的5月12日下午，当人们全部沉在工作与学习的喜悦中的时候，殊不知一场灾难正在悄悄地酝酿。十四时二十八分，这个恐怖的时间，一场灭顶之灾从天而降，以四川省汶川为震中心的8.0级地震吞噬了人们美好的梦，这场地震摧毁了人们的家园，殃及了多少个省市和地区。顿时，电力中断，交通瘫痪，山体崩塌，河水泛滥，灾区人民陷入了水生火热之中。汶川，这个在地图上鲜为人知的地方，人们很少谈起的地方，在一瞬间成为海内外人民关注的焦点，也就是那时，人们便发扬爱的精神，向灾区人民伸出援助之手，国务院在第一时间下达命令，派出国内的搜救精英赶赴灾区，以众志成城“抗震救灾”作为口号，“时间就是生命，灾情就是命令”为目标，争分夺秒地抢救灾民，同时，各路的志愿者赶往灾区为抗震救灾作出巨大贡献，每个人都在奉献着爱，每个人都传递着爱，爱在这里汇聚了无比的海洋。

大爱无边，只要每个人都献出一点爱，那么世间就会春意盎然。

警笛声还在响着，可是不觉得刺耳了，那警笛仿佛是对不幸遇难者的哀悼；爱，还在传递着，可是不觉得寒冷了，世界仿佛到了春暖花开的季节，爱的大地洒满了阳光，每个人心中都有一个爱的天堂，在那爱的天堂中——大爱无边。

（指导教师：方耀华）

人间充满爱

冯冰冰

爱是多么的伟大，它让人从悲伤中走出来，从痛苦中走出来，从失落中走出来，因为有爱，世界变得更美丽。

你看，当地震来临时，温家宝总理以及所有的救灾人员，及时赶到救灾现场。当他们救出第一个小女孩时，在场所有的人都感动得哭了。那些救灾人员，不管有多么的辛苦，多么的艰难，他们都不会放弃任何一个人。

记得温家宝总理说“一方有难，八方支援”时，我感觉到我们中国人民是一条心的。大家在捐款、捐物的时候，我看见了所有的人都献出自己最真诚的爱，他们为了灾区人民所做的一切，让人觉得有爱就有力量。只要我们伸出爱的援手，世界将会变得更美丽。

当无情的洪水来临时，有情的人民解放军总是在第一时间赶到现场，他们不顾自己的安危跳进水中抢救灾民，这种舍生忘我的高尚品质，值得我们学习。

作为一个中国人，我们的心应该时时刻刻都想着祖国，祖国就像我们的妈妈一样为我们撑起了保护伞，用那甘甜的乳汁来养育我们，让我们有了今天幸福美满的家。

只要有爱什么都能抵挡的，没有什么力量能把爱打败。我记得以前我们的英雄儿女们把日本鬼子赶出中国的时候，那时我们的武器没有别人好，兵力没有别人强，但是我们的枪法很准，就这样和鬼子拼搏。尽管把鬼子赶出去，我们付出了很大的代价，但是我们从没有轻易放弃过。今天的地震和洪灾都是一种考验，只要我们同舟共济，一定会把我们的家园建设得更加美丽。

有爱的世界会更美，有爱的天空会更蓝，有爱的明天会更好，有爱的人会更美。只要人人心中都怀有一份爱，那么世界将会回归到原始的美丽。

（指导教师：张翊奇）